Über dieses Buch Zu den amerikanischen Autoren der jüngeren Generation, die sich im eigenen Land wie auch international durchgesetzt haben, gehört zweifellos Jayne Anne Phillips. Mit ihrem mehrfach preisgekrönten Vietnam-Kriegs-Roman ›Maschinenträume‹ mischte sie sich nachhaltig in die Debatte um die Schuldfrage ein, um die Verstrickungen von Menschen, die gänzlich unsensationelle Lebensläufe absolviert hätten, wären sie nicht in Schlachten von Indochina geschickt worden. Noch mehr Beachtung fand sie auf dem uramerikanischen Gebiet der Short-Story. In bester Tradition in diesem Genre legt sie nach ›Das himmlische Tier‹ die zweite erfolgreiche Sammlung vor. Zu dem Band ›Überholspur‹ schrieb Marcel Reich-Ranicki: »Die besten dieser Geschichten und Episoden, dieser finsteren Idyllen und poetischen Situationsbilder verdanken ihren Reiz einem glücklichen Gegensatz. Die amerikanische Erzählerin reagiert auf das Leben mit bewundernswerter Unmittelbarkeit, mit robuster und zugleich melancholischer Sinnlichkeit. Man kann ihr nachrühmen, was heute Seltenheitswert hat und was man die Unschuld der Wahrnehmung nennen darf.
Doch so jugendlich hier die Welterfahrung, so sicher und reif das schriftstellerische Handwerk: Jayne Anne Phillips vertraut der nüchtern registrierenden Beobachtung, ihr gelingt es immer wieder, die realen Umstände, die Details und Nuancen sprechen zu lassen. Die höchst anschauliche Milieuschilderung entsteht wie von selbst. Virtuosität? Nein, denn das Bedürfnis aufzutrumpfen und dem Leser zu imponieren, scheint ihr fremd. Sie kann sich das leisten.«

Die Autorin Jayne Anne Phillips, Jahrgang 1952, wuchs in einer Kleinstadt im US-Bundesstaat West-Virginia auf. Nach dem Studium lebte sie in einem Schwarzen-Getto in Kalifornien und in Colorado, anschließend unterrichtete sie am Radcliff-College in Cambridge/Massachusetts; ihr Roman ›Maschinenträume‹ wurde in vierzehn Sprachen übersetzt; Jayne Anne Phillips lebt mit ihrer Familie in Boston.
Von derselben Autorin sind im Fischer Taschenbuch Programm lieferbar: ›Das himmlische Tier‹ (Bd. 5169) und ›Maschinenträume‹ (Bd. 9199)

Jayne Anne Phillips

Überholspur

Short-Stories

Aus dem Amerikanischen
von Karin Graf

Fischer
Taschenbuch
Verlag

Ungekürzte Ausgabe
Veröffentlicht im Fischer Taschenbuch Verlag GmbH,
Frankfurt am Main, Juli 1990

Lizenzausgabe mit freundlicher Genehmigung
des S. Fischer Verlags GmbH, Frankfurt am Main
Die amerikanische Originalausgabe
erschien 1987 unter dem Titel ›Fast Lane‹
bei E. P. Dutton / Seymour Lawrence, New York

Umschlaggestaltung: Buchholz / Hinsch / Hensinger
unter Verwendung einer Illustration von Dirk Görtler
Druck und Bindung: Clausen & Bosse, Leck
Printed in Germany
ISBN 3-596-10772-7

Für Mark

Inhalt

I have begun my freedom and it hurts.

– Alan Dugan
»Stability Before Departure«
aus *Collected Poems*

Wie Mickey es schaffte

Dieses Bett hier ist irre bequem, ich mein, ich schlaf wie ein Baby und will nie wieder aufwachen. Ich schätz, so ein Bett BESITZT man, wenn man achtundzwanzig ist, was (lächelt, hellbraune Haut, schönes, scharfgeschnittenes Gesicht), und der Laden hier ist so SAUBER, nichts ist durcheinander, außer deinem Kopf. War bloß 'n Witz, Liebling, reg dich nicht auf (zündet eine Zigarette an, grient über gehöhlte Hände). Nein, ich mein, ältere Frauen find ich okay, du bist okay für mich, wirklich, ich krieg 'n bißchen Angst, aber ich werd dich ab und zu Mom nennen, damit die Reihenfolge wieder stimmt (inhaliert, schaut auf, Rauch auf den Lippen). Aber keine Teenager-Nummern mit mir, das ist vorbei, denk dran, ich bin jetzt zwanzig, das ist, hm, ZWAN-ZIG – du erinnerst dich, vor einer Woche, als du mir das Buch mit den Witzen geschenkt hast, den Cartoons? in der Bar, hast es direkt über die Theke gegeben, mit der kleinen Zeichnung von mir in meiner schnieken Barkeeperjacke und der Fliege aus Pappe, Empfehlungen von »Savio's Bar«, was? ja, sie erinnert sich, unterschrieben *alles Gute von Deiner Kundin* Herzlichen Glückwunsch zum Geburtstag, Mickey. Guck mal, bloß weil wir ein bißchen viel getankt haben, als du mich am nächsten Tag zum Mittagessen eingeladen hast, und du dann gesagt hast, ich soll mich krank melden, damit wir an den Strand fahren können, heißt nicht, daß du VERANTWORTLICH für mich bist. Ich mein, wenn sie mich deswegen rausgeschmissen haben, hätten sie mich sowieso rausgeschmissen, ich hätt ihnen 'nen besseren Grund liefern sollen, aber scheiß drauf, es war sowieso ein ätzender Job. Ich hatte ihn bloß den einen Monat, seit ich aus England zurück bin, was zu beißen, bis ich

’ne Band zusammenkrieg. Ich bin schon überall ohne deine Hilfe rausgeflogen, also flipp nicht aus. Ich krieg morgen ’nen anderen Job, mach dir keine Sorgen wegen Mickey (schüttelt den Kopf, schwarze Locken, oben kurz und im Nacken lang, Galahad-Punk), ich mein, ich steh nicht umsonst auf eigenen Beinen, seit ich zwölf war, ich komm schon DURCH, verstehste – ich bin jung, aber ich versuch es echt.

Uh, das ist scharf. Das ist so scharf ... Sanfter, ein bißchen sanfter, da. O, du fühlst dich gut an ... Entspann dich, wir sind okay, wirklich, ich zieh mich raus ... Immer mit der Ruhe, ich komm noch lange nicht –

Ja, ’ne Zeitlang hab ich unten in der Stadt Modell gestanden, was machen die für ’n Wind um den Scheiß – Typen, die einem Make-up übers Gesicht schmieren, drei auf einmal, während man auf ’nem Stuhl sitzt (steht vom Bett auf, zieht schwarze Jeans an, weißes Unterhemd) und ein anderer Typ dir die Schuhe poliert, dann heißt es Aufstehen, Bauch einziehen, Drehen, Halt, Klick (läßt die Muskeln seiner langen festen Beine spielen, albert in einer Marlboro-Raucher-Pose herum). HIER ist das Lächeln, das du drauf haben sollst, CAPITO KERLCHEN? Das schnallst du besser mal. Verstehste, ich hatte diesen ganzen teuren Kram, wie heißt es, na, den Portfolio-Scheiß, und ich bin reinspaziert und hab den Job gekriegt, und die anderen guckten blöd aus der Wäsche, ich mein, wirklich saublöd, wo sie schon seit Wochen Leuten in den Arsch krochen, um bloß ins Büro zu kommen. Aber als es vorbei war – vier Wochen hab ich’s gemacht –, hab ich die ganze Sache geschmissen, den Job, die Bilder, die Arschlöcher, alles, und der Schwuchtel gesagt, er soll sich 'nen andern Jungen besorgen. Man sieht direkt irgend'ne hohle Schwuchtel über den Bildern sabbern. Anzug, Badehose, Handtuch um den Hals, was 'n Scheiß, ich hab nie im Leben Tennis gespielt. Ich bin SÄNGER, ich fahr nicht auf diese kommerzielle Scheiße ab. ICH SCHAFF ES ALLEIN, DANKE, vielen, vielen Dank! Puh! Mein Gott.

Läufste nicht gern mit mir die Straße runter, hm, nicht? Oha, etwas sagt mir, du findest das nicht witzig, nicht witzig, HE, naja, entschuldige (weicht mit weiten Bögen und schnellen kleinen Hopsern Passanten aus), bin zum Teil Popper, kann nicht anders, als mich durch die Massen schlängeln, bleib schön bei mir, wir wollen, daß alle wissen, daß wir ZUSAMMEN sind und GUT DRAUF sind und COOL, huhu, ihr alle, das ist MEINE FREUNDIN. Dieses Mädchen (zeigt mit dem Finger, zieht im Detektivschleichgang ab), hier, gebt IHR den Preis. Komm, Schatz. Hier entlang, Schatz. Und heb deine Füße, ich kann mir diese Woche nicht noch ein Paar Candie's LEISTEN ... und diese teuren Nubbelpariser, dir zuliebe, lassen mir nichts mehr zu beißen übrig ... Süße, deine Tritte bringen mich um, warum kannst du dich nicht mit dem malaysischen Zwerg zufrieden geben, den ich dir gekauft hab? Aua, okay, nicht die Schienbeine, die brauch ich, BÜHNENARBEIT, verstehste, du mußt herausragen, um auszustrahlen, hab schon kapiert, ich halt die Klappe, wir gehen einfach weiter. HEH ALLE, wir GEHEN hier, wir GEHEN bloß. MANN, ich lieb die Straße. Siehst du die Lady vor uns mit dem Kind, das unter seinem Kinderwagen rumkrabbelt? He, sie liebt den Tag, sie liebt das Kind, sie liebt DAS LEBEN, das sieht man. Gott, guck dir das Gesicht an – sie sollten sie einsperren, ehe sie vor 'nen Laster läuft –

Okay, hier sind wir, guck's dir gut an, hier ist's billig – der einzige Laden, in dem man in dieser Stadt Schallplatten kaufen kann. Schatz? Süße? Komm zurück, SCHATZ, Mickey kauft dir MU-SIK, er wird für sein ABENDESSEN bezahlen, dich von dieser kommerziellen mittelalterlichen Stones-Scheiße befreien (tanzt im Eingang, verneigt sich aus der Taille), komm schon HEREIN, sei nicht schüchtern, es ist nie zu spät für das Gute, hau bloß nicht ab, jetzt, wo wir SOWEIT sind (läuft mit wendigen Reggae-Hopsern die Gänge hinunter). AUA! (zieht Gesichter, tut so, als hätte er einen Klumpfuß), ich hab mir weh getan, ich werd sie VERKLAGEN. Siehst du das niedliche Punk-Mädchen hinter der Theke? Sie wird uns jetzt ein paar Melodien auflegen, he, verstehste? (Legt einen Dollar Trinkgeld hin.) Hier sind die Importe, das wirklich heiße Zeug, hier gibt's nichts richtig Beschissenes, es passiert alles in England, wie ich dir gesagt hab. Hör mal, ich laß sie »The Members« spielen, o, o oder hmmm (lutscht am Finger, rollt mit den Augen), ah, »The Spectator« – das Stück mit dem wunderbaren Moog, der abzieht wie'n Ballon. Es wird dir GEFALLEN, es wird DEIN LEBEN VERÄNDERN, du wirst ein Rock n'Roll-Fan – zuerst kannst du's nicht ertragen, es klingt vielleicht schrill, aber wenn du's HÖRST, weißt du sofort, was läuft ... und das heißt nicht, du gehst hin und kaufst dir 'ne Schnürsenkelkrawatte und nimmst 'ne coole Haltung ein, es heißt bloß, du WEISST, was die echte Musik ist, und du gehst dahin, wo du hingehen mußt, um sie zu kriegen, guck dir mal diese ätzenden Plattencover an, du SIEHST schon, was für 'nen Scheiß die spielen – das Glitzerlicht auf ihren Jeans und wie sie ihre abgefuckten stromlinienförmigen chrombeschlagenen Gitarren wie Riesenschwänze halten – es kotzt mich an, Mann, und die Leute kaufen diesen Scheiß. Jetzt guck dir die Importe an. Ein kleiner Ständer voll Singles mit draufgekritzelten Titeln, aber dieser Kram ist ECHT, das ist ECHTE Musik, und sie müssen nicht so tun als wär es Sex. Ja, Eier, die Familienjuwelen.

Ich weiß nicht, ich bin einfach nie mit meiner Familie klargekommen, ich mein, es ist nicht wirklich meine Familie, weil ich adoptiert bin, aber es ist meine Familie – und es war immer komisch, Mann, ich mein, sie haben mir von Anfang an gesagt, daß ich adoptiert bin, aber trotzdem, die ganzen Jahre war es wie, tja, wie kommt es, daß *ich* so dunkle Haut hab, und wie kommt es, daß ich kein wirkliches GEFÜHL für euch hab. Als ich vierzehn war, gaben sie mir die Adresse der Adoptionsagentur, und ich fand heraus, daß ich halb Komantsche und halb Spanier bin. Ich schrieb vier Briefe, vier verschiedene Briefe, Mann, und die Agentur schickte mir dieses lange Blatt mit Fakten, aber keine Namen. Ich wurde in Tucson geboren, und meine jüngere Schwester auch, aber sie ist keine Blutsverwandte. Nur die älteste, meine ältere Schwester, ist ihr eigenes Kind, und, Gott, das war nie zu übersehen. Ich mein, wer hat in Barnard studiert, wer arbeitet für den Umweltschutz und wer hat 'nen Rechtsanwalt geheiratet? Nicht Mikkey, Mann. Mickey wurde im Alter von zwölf ins Internat abgeschoben, weil er ein gemeines kleines Kind war und sich immer prügelte. NEIN, nein, das tu ich nicht, weil DU es sagst, Mann, ich mein, wer zum Teufel bist DU? Und meine jüngere Schwester, die ist ein Fall für sich, sie ist fett, sitzt den ganzen Tag im Sessel und sieht Fernsehen wie 'ne Fernsehmaschine. Macht mich ganz krank – ich sag ihr, ich hab ihr gesagt, beweg deinen Arsch, es ist klar, daß du dich haßt. Nicht ich, Mann. Ich liebe Mickey. Wen kümmerts's, ob DIE Mickey lieben – deshalb hab ich gesagt, Schluß mit diesem Scheiß, und als ich sechzehn war, ging ich nach England und lebte bei Nate. Nate, der Junge, mit dem ich in der Wakefield Highschool Basketball spielte, nachdem ich aus der Besserungsanstalt kam, wo ich GEBESSERT wurde, haha. Aber Nate, Mann, der war wunderbar. England war wirklich echt, ich bin dort drüben *aufgewachsen*, ich lernte alles über Rock n'Roll. Wir gingen in die Pubs und Bars, wir hatten 'ne Band, und ich fing mit dem Singen an. Da war ich sechzehn – und wirklich lebendig –, während hier drüben in meiner alten Straße jeder Daddy ums Auto anbettelte, o bitte, Daddy, kann ich? Ach, komm schon, Dad, ich möcht auf dem Rücksitz 'nem Mädchen die Hand ins Höschen stecken und sie um halb eins wieder absetzen, das Kleid ordentlich zugeknöpft, damit *ihr* Daddy keine Fragen stellt. Was? Ja, ich hab gesungen, GESUNGEN, G-E-S-U-N-G-E-N, und mit 'ner netten neunundzwanzig Jahre alten Lady zusammengelebt, die ein kleines Mischlingskind hatte, das MICH Daddy nannte. Ja, verstehste? Was ein Unterschied.

Ich ging nach England, um bei Nate zu bleiben, und er lebte mit Clytie zusammen, sie wollte ihn heiraten, damit er im Land bleiben könnte, aber ich weiß nicht, ich hab mich einfach in sie verguckt, und Nate zog ziemlich sauer aus, aber nach ein paar Wochen war alles wieder eingerenkt und cool – Clytie war so schlau und entschlossen, aber verrückt genug, es mit mir auszuhalten, und sie hatte keine festgelegte Vorstellung davon, wie irgendetwas sein sollte – das mein ich mit *schlau*, verstehste? Sie teilte so eine Zweifamilien-Wohnung mit ihrem Vater, der 'nen Laster fuhr und Schrott zum Verkaufen einsammelte. Ich mein, es waren zwei getrennte Wohnungen, aber ihr Dad war oft da, und sie kochte für ihn, und er gab ihr Knete. Sie war bei ihrer Mutter aufgewachsen und hatte ihren Vater gefunden, gleich nachdem sie das Baby bekommen hatte, dieses wunderschöne braune Kind, das sie Feather nannte, aber sein richtiger Name war Frederick. Ihr Dad war bloß so ein steifer Prolo, aber das konnte Clytie: nach fünfundzwanzig Jahren mit 'nem halbschwarzen Baby auftauchen und ihren Vater dazu bringen, sie zu lieben, und ihre Freunde nahm er ganz gelassen. Freunde zogen ein und aus, und es stimmt nicht, daß so 'ne Nummer Kinder immer kaputt macht. Feather war glücklich, sonniges Kakaogesicht, ungefähr zwei und fing gerade an zu sprechen. Nate und ich nahmen ihn mit in den Club, wo wir arbeiteten, er sah zu, wie die Band spielte. Das war 'ne Zeit. Ich bin sechzehn und ausgebrochen: Schule, Familie, Zuhause, und endlich hab ich, was ich will, nach dem *endlosen* Schuldgefühlstrip, weil ich so ein böser, böser Junge war. Nichts als DU FÜHLST NICHT FÜR ANDERE, MICKEY, DEIN DAD UND ICH HABEN DIR *alles* GEGEBEN, ABER DU KANNST EINFACH NICHTS DAMIT ANFANGEN, MICKEY, und der Tag, an dem ich sie überredet hab, mich auf Bewährung aus der scheiß Besserungsanstalt zu entlassen, war der glücklichste meines Lebens. Ich geh nach England, und da ist Clytie, blasse Haut und schwarzes Haar, ganz kurz geschnitten, sieht beinahe aus wie'n Junge, aber sie stillt und hat diese runden schweren Brüste. Für Clytie war nichts schmutzig, nichts war besudelt oder kaputt. Sie hat mir gezeigt, was für'n Gefühl es ist, ein Kind zu stillen, daß es in ihrem Inneren ziepte, als würde sie ganz schwach kommen, und sie feucht wurde. Abends stillte sie Feather, und ich legte mich mit ihnen hin und schlief von den Nuckelgeräuschen ein. Ich war nachts weg, und sie war manchmal tagsüber aus, Kunstmodell, und ich versorgte das Baby. Wirklich, er nannte mich Daddy. Also hast du 'ne Ahnung, wie das für mich war? Ich mein, ich wußte 'ne Menge, ich war lange genug DA DRAUSSEN gewesen, aber so was Gutes kannte ich nicht, vorher hatte ich so was immer nur am Rande mitgekriegt, BAMM, kurzer Blitz und der Verschluß ist wieder zu – ah, da, DAS IST ECHT – aber nur für 'ne Minute, 'ne Stunde vielleicht. Ich hab wirklich gedrängt, Mann, ich hab gedrängt, um dahinzukommen, wo der Saft war.

Die Frauen, aus denen ich mir was gemacht hab, sind meistens gute Frauen, aber ich mach mir keine Illusionen über Mädchen im allgemeinen. Du meinst, Frauen benutzen Männer nicht zum Vögeln? Blödsinn, jede Menge Frauen haben mich für Sex benutzt, wollen bloß 'nen großen Schwanz, um sich um den Verstand zu bumsen, wollen, daß du geschniegelt und gestriegelt mit ihnen rumläufst, weil du 'nen hübschen festen

Arsch in der Hose hast, die haben keine Gefühle für dich. Katrin, dieses andere Mädchen, das ich kenne – das ich in der Bar kennenlernte, bevor ich dich kennengelernt hab, ich hab dir von ihr erzählt –, die ist nicht so, sie ist ein nettes kleines Mädchen, punky und freundlich und schüchtern unter ihrem roten Lippenstift. Sie lebt bei ihrer Familie, das war das Auto ihres Alten, das ich gestern geliehen hatte. Ihre Familie hat reichlich Kies, und Katrin will mir 'ne Wohnung bezahlen, ich mein, sie würde weiter zuhause wohnen, aber sie hätte was, wo sie einfach mal hingehen könnte, verstehste? Was soll das heißen? Sie kennt mich, ich war ehrlich zu ihr, sie weiß, was ich über die Wahnsinnig-vor-Eifersucht-Nummer denke, nein, Katrin ist cool. Außerdem hab ich noch ungefähr achtzig Eier, und keiner der Clubs hier läßt mich auf der Stelle als Barkeeper arbeiten. Man muß sich hocharbeiten durch die Etagen, genau wie in 'ner scheiß Bank – in der Küche und als Hilfskellner und was weiß ich, womit sie dich quälen wollen. Wenn ich meine Knete bloß für Lebensunterhalt, Miete und so 'ne Scheiße ausgeben muß, krieg ich nie genug Geld, um mich abzuseilen und zu tun, was ich tun muß. Du meinst, ich lieg falsch? Wie zum Teufel kannst du ich sein, wie kannst du das *tun*? Du, bei der alles in Butter ist? Laß mich einfach hier sein, okay? Laß MICH es rauskriegen, ich hab Erfahrung.

Meine erste richtige Erfahrung war mit 'nem Mädchen aus der Nachbarschaft in dem Herbst, als ich zwölf war. Ich hab deswegen viel Ärger gekriegt. Sie hatte diesen großen Garten mit all den Apfelbäumen, wie ein Wald, und wir waren dahinten zwischen den Bäumen, schubsten uns einfach unschuldig rum, fühlten uns ganz schön plemplem, wie wenn man das erste Mal beschwipst ist. Sie lehnte gegen einen Baum und hatte mich gegen sich gezogen, und ihr Kleid war zwischen uns hochgerutscht. Sie hatte meine Hose aufgemacht und dann plötzlich *paßte* alles, verstehste, klingt wie 'n Witz, ich mein, ich hab nicht versucht sie zu ficken, ich wußte nicht mal, daß ich ficken konnte, aber sie war eins von den Mädchen, die urplötzlich Feuer fangen und dann nicht mehr wissen, wo sie sind. Ich mein, solche Mädchen GIBT's. Gerade da sieht ihre Mutter uns vom Haus aus durch die Bäume und fängt an, den Namen des Mädchens über den Hof zu KREISCHEN, brüllt mit diesem hysterischen Triller in der Stimme, und ich bin dabei, das Mädchen um den Baum zu ziehen, damit die Mutter uns nicht sehen kann, als ich reinrutsche, richtig in sie rein, beinahe aus Versehen. Ich werd es nie vergessen, ich war perplex, sie kam, innerhalb von Sekunden, und ich beobachtete die ganze Zeit ihr Gesicht. Ich wußte nicht, was Kommen war, und noch lange danach dachte ich, mit mir stimmt was nicht, weil ich nicht das Zittern gefühlt hatte, das SIE fühlte, die Augen weit offen – aber sie war nicht da. Jagte mir richtig Angst ein, als wenn der Himmel aufbricht. Bis ihre Mutter aus dem zweiten Stock und über den Hof bei uns angerannt kam, war alles gelaufen – es war die Mutter, die sich mit Leidenschaft hineinsteigerte, und sie war mehrere Tage so drauf. Man könnte sagen, daß meine Eltern nach diesem ganzen Schlamassel entschlossen waren, Mickey LOS ZU WERDEN, wie ein Hund, der, wenn er einmal Blut geleckt hat, immer weiter Küken reißt. Also packten sie mich irgendwo hin, wo es keine Küken gab, von denen sie was erfahren würden – sie gaben mich auf und machten mich zum Staatsmündel. Ich war ZWÖLF, Mann, und der ganze Pubertätskram krachte mir im Kopf rum. Ich mein, VERWIRRT? Ich war verrückt, hier war diese total harte Bestrafung, wo SIE es doch war, die das unheimliche Zittern hatte. Hatte *ich* ihr das getan, ich mein, ich hatte sie nur in dieser weichen Gegend berührt, und sie explodierte. Und in Wirklichkeit war dieser ganze Tanz mit dem SCHICKT IHN WEG schon längst in Gange, ich hatte mich mit älteren Jungen gekloppt und ein paar Kleinigkeiten gestohlen, aber der tatsächliche Wohnortswechsel kam gleich nach dem Zauber im Wald. Magic Mickey, was für 'n Witz, ich wußte von keinem Zauber, bis er mich packte. Später packte ich zu, das stimmt, aber damals war ich eigentlich bloß dieser superwilde KLEINE JUNGE, groß für mein Alter vielleicht, aber nicht *so* groß. Es war bloß dieses komische GEHEIMNIS, sie alle, all ihre Gründe – Wir wollen alle das BESTE FÜR MICKEY, und für mich war es wie Gefängnis, als wachte ich in Einzelhaft auf. Ich mein, es war nicht so, daß ich meine Eltern liebte, aber ich dachte, ich müßte es, und sie schoben mich ab, Mann, haben mich einfach ins Rettungsboot gesetzt.

Es war, als könnten sie sich immer sagen, naja, wir haben ihn ja erst GEKRIEGT, als er vier war, er hat Dinge in sich, die wir nicht reingesteckt haben – meine Mutter hat mir mal erzählt, daß ich wahrscheinlich als kleines Kind mißbraucht wurde, kann gut sein, weil ich von Anfang an wußte, daß ich voller Haß war, einfach HASS, Haß, ein kleiner düsengetriebener Dämon. Jetzt denkst du, ich bin aggressiv – war das nicht das Wort, Mickeys neues Wort von der Lady mit dem großen Wortschatz? Ja, *aggressiv*, du hättest mich *damals* sehen sollen. Ich war es mit Hingabe, als würde es über einem Feuer in mir sieden, verstehste? Ich hab keine Erinnerung an die Zeit, bevor ich sechs war. Nein, ich erinner mich NICHT an irgendwelche richtigen Eltern. Ich mein, meine Mutter ist jüdisch und mein Vater Quäker, und sie können keine Kinder mehr haben, also beschließen sie, zwei Indianer zu adoptieren. Ja, der liberale amerikanische Schmelztiegel, und was schmolz, war mein Kopf. Aber das ist okay, ich steh drauf, läufig und heiß zu sein, ich will bloß nie tot sein, und es ist mir scheißegal, was irgend jemand denkt, weil ich nicht DICH amüsier, verstehste, ich amüsier MICH, und wem DAS gefällt, der kann sich bei mir einklinken. Ich hab mich an einen großen Diesel geschnallt, und ich hab keine Klagen. Ich hab viel zu tun, und ich bin wirklich HIER, das können alle sehen, und deshalb werd ich es schaffen. Ich hab Talent, ich hab die totale Energie und Konzentration, und ich kann ein Publikum begeistern. Du hast mich noch nicht mal singen sehen und fühlst es. Bloß Eis, Eis und weißglühende Funken, quetsch es raus und kontrollier, was sie fühlen. Es geht nicht darum, wie ALT ich bin, verdammt noch mal, oder um Cocktail-Manieren oder gesellschaftlichen Umgang, es geht darum, was ich weiß, und das NIMMT niemand, ich GEB es, *ich* geb es.

Ich konnte immer für mich selber sorgen, konnten wir Kinder alle, weil meine Mutter so oft krank war. Sie hat Lupus, schon seit Jahren, deswegen bin ich jetzt auch aus England zurück. Es geht ihr nicht gut, es geht ihr überhaupt nicht gut. Aber wir Kinder haben unseren eigenen Kram erledigt, ich mein, wir haben unsere Kleider gewaschen und aufgeräumt und die scheiß Mahlzeiten gekocht, ja, Eintöpfe, aber trotzdem, Mikkey ist keine Schlampe in der Küche – deshalb ist es für mich so komisch, diese Typen zu sehen, die sich nicht den Arsch abwischen können, die ohne ein Mädchen, das ihnen die Knöpfe annäht, absolut hilflos sind. Ich mein, das ist nicht, wofür ich ein Mädchen brauch, verstehste? Und was das Essen angeht, ich hab immer in Restaurants gearbeitet, die Jobs kriegt man leicht, und hinter der Theke zu stehen, lohnt sich, wenn man es lange genug aushält, um die guten Schichten zu kriegen. Ich hab fünfzig Dollar die Nacht gemacht, als du mich kennengelernt hast, und mach dir keine Sorgen, die krieg ich wieder, aber »Savio's«, Mann, das ist der verrückteste Laden am Platz, all die Spinner sind da, die Stammgäste, jede Nacht kurz vor Schluß – wie die alte Dame, die du gesehen hast, die ihr Glas nach mir werfen wollte. Sie sitzt da drin auf dem Barhocker und redet mit sich selbst, bis sie in Rage kommt. Dreht sich zu den anderen Gästen mit einer Schimpfkanonade über wen immer, der sie bedient. HABEN SIE GESEHEN, WAS ER ZU MIR GESAGT HAT, DIESER HÄSSLICHE AFFE, GUKKEN SIE, WIE ER SEINE WEISSEN ZÄHNE BLECKT, GOTT, DAS MUSS ICH MIR NICHT GEFALLEN LASSEN, ER IST EIN AFFE, EIN AFFE, EIN DUMMER SCHIMPANSE. Schließlich fragst du sie, ob sie das Geld hat, ihre Rechnung zu zahlen, und das hat sie nie, dreimal mußte der Manager ihr vom Hocker und auf die Straße helfen, und sie kreischt die ganze Zeit herum, daß ich sie ins Gesicht geschlagen und ihr Kleid zerrissen hab. Dann gibt's den zuckenden Veteran, diesen Versager in Armeeklamotten, der immer zur Schließungszeit da ist, vollkommen gaga, aber sehr still, der starrt in sein Glas und zieht endlos diese Grimassen, total aufgedreht, und redet ununterbrochen ohne Ton. Nie hebt er die Augen, aber er richtet sicher alles an irgendeinen Kumpel am Phantom-Telephon. Du ahnst nicht, wieviel Spinner es gibt, bis du in 'ner Bar arbeitest, ich tu's nur, weil sie keine Ansprüche stellen, du tust deinen Job und gehst. Und ich spar die ganzen Scheinchen, ich kam aus England zurück und wohnte bei meinen Eltern, konnte es nicht ertragen und hab dieses Studio gemietet, ein Tonstudio, damit ich ein paar Musiker zusammenkriegen und ein paar Aufnahmen machen konnte, dreihundertfünfzig Dollar im Monat, da ging mein ganzes Geld für drauf, und ich schleich mich da nachts rein und schlaf da auch, und was die Musik betrifft, war es sinnlos, ich konnte einfach keinen finden, der es ernst meinte, sie wollen Jura studieren und sind cool geboren, sie müssen's in ihren MG's bis zum Abschlußball schaffen. Von DENEN kommt die Musik nicht, sie kommt von MIR, weil sie alles ist, was ich HAB, und dann lach ich ihnen ins Gesicht, brauch ich wahrscheinlich gar nicht, denn, wenn ich da ankomm, stehen die längst mit dem Gesicht zur Wand, starren ins Nichts, immer nur nichts.

Da wir von Wänden reden, die Regeln können es, und Frauen können es auch, einen unerwartet aufs Kreuz legen. Regeln tun es auf die langsame Tour, so daß man's noch nicht mal merkt, aber Mädchen können es mit einem Schwinger, wie Giselle, das Mädchen, mit dem ich zusammenlebte zwischen den beiden Malen, die ich in England war. Giselle war ein wunderschönes kleines Mädchen, Mann, ich werd sie immer lieben, aber sie war verrückt, und ihr Leben war hart. Sie kam aus den Sozialbauten im Süden Bostons, und sie hatte diese flache näselnde Aussprache und war ganz auf Mode aus, wohnte zuhause bei ihrem versoffenen Alten und bei ihren versoffenen Brüdern und gab das ganze Geld von ihrem langweiligen Job für Lackschuhe und Satinjacken aus. Sie war einundzwanzig, und ich war achtzehn, und ich holte sie dort raus wie der Prinz Aschenbrödel, hatte 'nen guten Job in 'ner Bar und 'ne Wohnung in Allston. Giselle war blond, wirklich zierlich, vielleicht einmetersechzig – ich hab sowieso die kleinen Mädchen gern, sind im Bett so leicht zu heben und so gut zu umarmen – aber Giselle hatte so eine Art *dazustehen*, wie ein Kind mit leeren Händen. Du würdest nicht viel von ihr halten, ich mein, sie hatte eigentlich nichts zu sagen, sie hatte nicht so viel auf dem Kasten, wenn du dem Reden nach urteilst, aber sie hatte so viel Gefühl und guckte dich einfach an, so ganz offen, als gäbe es nichts, was sie dir nicht geben würde. Gott, Giselle – die hat mich geschafft, mit ihr hab ich am längsten zusammengelebt, ungefähr sechs Monate, aber sie mußte dich besitzen, dich einzwängen. Sie war mir 'ne große Hilfe, und ich hab damals viel an meiner Musik gearbeitet, hab in der Zeit 'nen Kellnerjob verloren, und sie hat das mit dem Geld übernommen, aber später hab ich wieder was in 'ner Bar gekriegt und 'ne Menge Ladies kennengelernt. Ich konnte sie nicht anlügen, also trennten wir uns, und sie ist wieder nach Hause zurück. Ich ging immer noch hin und besuchte sie dort, obwohl ich das Wohnhaus haßte, ganz dunkel und muffig, und überall liefen Fernseher. Eines Tages hab ich bei ihrer Arbeitsstelle angerufen, um zu sehen, wie es ihr ging. Ich wußte, daß sie wegen mir ziemlich fertig war, und sie sagten mir, sie hätten sie vom Mittagessen betrunken nach Hause geschickt. Das sah ihr eigentlich gar nicht ähnlich, den Job zu schmeißen. Also ging ich bei ihr vorbei, und ich find sie in ihrem Schlafzimmer, total abgefüllt und weinerlich, das Zimmer ein Chaos, sie konnte kaum sprechen. Ich blieb ungefähr zwei Stunden bei ihr, aber dann mußte ich gehen, um Janet zu treffen, dies Mädchen, mit dem ich zusammen war – und Giselle klammert sich einfach an mich, bettelt mich an, nicht zu gehen, bleib, bleib bei mir. Ich sagte ihr, ich muß los, aber sie kann mitkommen, dachte, ich bring sie in meine Wohnung und laß sie ihren Rausch ausschlafen, aber sie sagt nein, ich muß *da*, in ihrem Schlafzimmer, bleiben und darf mich nicht rühren, bis es ihr besser geht. Also geh ich zur Tür, und sie hinterher, brüllt, daß sie sich umbringt. Wir stehen auf dieser baufälligen Treppe in den Sozialbauten und sie kreischt rum, und ich sag ihr, mach keine Dummheiten, dreh nicht durch, und sie schlägt mir die Tür vor der Nase zu. Ich ging los, um Janet zu treffen, aber ich machte mir Sorgen, ich dachte daran, daß Giselles Freundin mir erzählt hatte, wie Giselle sich schon mal wegen 'nem Typen umbringen wollte. Versuchte anzurufen, war aber keiner zuhause. Dann, nachts gegen drei, Janet und ich schlafen in meiner Wohnung – und dieser Wirbelwind fegt durch die Tür – bumm, bumm, bumm –, ich hör drei Riesenschritte, als Giselle die Strecke von der Tür zum Bett zurücklegt, und dann einen irren Schrei DU SCHWEIN, ICH WUSSTE, DASS DU NICHT ALLEIN

BIST und Fäuste, und ich rollte mich erst mal auf Janet, um sie zu schützen, und packte Giselle bei den Handgelenken. Ich konnte sie nicht halten, sie war vollkommen aus dem Häuschen, trat und boxte, trat mich ungefähr dreimal in die Eier und machte mir das Gesicht blutig. Das ging ungefähr ganze zwanzig Minuten so, dann schien sie sich zu beruhigen und sagte, sie geht in die Küche, um sich zu waschen. Ich wisch mir also das Blut vom Mund, *hundemüde*, Mann, erledigt von dem Kampf mit diesem winzigen Mädchen und mit 'nem Schock, weil ich aus dem Tiefschlaf da reingeraten war. Ich mein, ich wußte noch nicht mal, daß sie noch 'nen Schlüssel hatte – sie hatte ihn vor einem Monat zurückgegeben, als sie ausgezogen war, aber heimlich einen nachmachen lassen. Später fand ich raus, daß sie oft in die Wohnung gekommen war, wenn ich nicht da war, und einfach im Zimmer gesessen hatte, stundenlang. Egal, ich steh da, und Giselle kommt mit 'nem Fleischermesser wieder rein. Sie hält es mit beiden Händen über den Kopf und will es sich in den Bauch rammen, und ich mach 'nen Satz durchs Zimmer und pack sie – sie erwischt mich an der Brust und versucht immer weiter, auf mich einzustechen. Ich kriegte das Messer nicht aus ihrer Hand. Ich schrie zu Janet rüber, sie soll die Polizei anrufen, aber ich hatte vorher das Telefon rausgezogen, und Janet konnte die Steckdose nicht finden, um es wieder einzustöpseln, also schlepp ich Giselle an den Armen mit mir herum, um Janet zu zeigen, wo die Dose ist, das Blut aus der Wunde läuft mir die Beine runter – ich krieg richtig Angst jetzt, weil das Ganze kein Ende nehmen will, Janet mittlerweile angezogen und in Panik, und Giselle wie ein erstarrtes Ungeheuer, und wir alle drei heulen – ich konnte nichts sehen, weil ich so heulte. Es war ein Alptraum, wie wenn du in wildes Wasser gerätst und nicht weißt, was passiert, von allen Seiten prügelt's auf dich ein und du gehst einfach unter. Janet erreichte die Polizei, aber von irgendwoher kam noch mehr Blut, und es schoß mir durch den Kopf, daß Giselle mich wirklich umbringen könnte – die Scheißbullen brauchten fünfzehn Minuten, und als sie kamen, lag ich über Giselle auf dem Fußboden, nackt, blutete auf uns beide und hielt sie mit meinem Gewicht unten, das Messer war immer noch in ihrer Faust. Sowie ich sie losließ, war sie auf den Beinen und warf einen Kassettenrekorder, den sie mir geschenkt hatte, durchs Fenster, dann hob sie einen Stuhl – keinen riesengroßen Stuhl, aber sie war 'n winziges Mädchen. Die Bullen steckten sie in 'ne Zwangsjacke, und als sie zu sich kam, war sie hinter Gittern, klammerte sich an diesen kleinen Koffer, den sie mit in meine Wohnung gebracht hatte. Ich bat 'nen Freund von mir, sie aus dem Gefängnis zu holen und den Bullen zu sagen, daß es eine Privatangelegenheit war und keine Anklage und all den Kram, und sie fuhr zu ihrer Freundin und kurz danach nach Mexico – diese Reise hatten wir für sie geplant, als sie noch bei mir lebte. Wir hatten die Flugkarten und alles besorgt und darüber gesprochen, daß der Übergang für sie leichter wird, wenn sie verreist. Gott. Das ist jetzt alles ungefähr anderthalb Jahre her, und Giselle scheint okay, lebt mit irgend 'nem Typ, der jeden Abend zu ihr nach Hause kommt und sie sein Essen kochen läßt. Ich häng immer noch an ihr, ich kann ihre guten Seiten nicht vergessen, aber ich schlaf jetzt nicht mehr ohne Kette vor der Tür. Das war das

Schrecklichste, was mir je passiert ist, und das Allerschlimmste daran war, sie in der Zwangsjacke zu sehen. Hast du schon mal jemanden, den du kennst, in einer gesehen? Sie sah amputiert aus, gestutzt, und als würde sie explodieren, ihre Arme *weg*, wo ich sie die ganze Zeit vorher fest *um mich* gespürt hatte.

Jemanden festhalten ist 'n Trip, nicht? Das letzte Mal, als meine Mutter im Krankenhaus war, bin ich 'ne ganze Nacht mit ihr aufgeblieben und konnte danach tagelang keinen klaren Kopf kriegen. Sie war damals auf Chemotherapie, irgendein Medikament, das hauptsächlich Speed war, weil sie überhaupt nicht schlafen konnte, und sie hatte diese Speed-Gespräche mit jedem in der Familie. Uns allen, einem nach dem anderen, spät in der Nacht. Ich bin allein mit ihr in dem Zimmer, sie ist die einzige von ihnen, die ich liebe. Sie erzählt mir, wie schwer es war, mich aufzuziehen – ich sagte, Scheiße, du hast mich nicht *aufgezogen*, ab zwölf war ich Staatsmündel, das nennst du mich *aufziehen*, ich mein, ich wurde herum getitscht wie 'n Ball, und ihr sogenannten Eltern habt für nichts geblecht, nichts für meine Kleider, meine Unterkunft, meine Schule, *nichts* – und keiner sagt, daß ihr das tun *mußtet*, aber mir dann aufs Dach steigen, weil ich euch fünfzehn Eier schulde, FÜNFZEHN EIER, Mann. Du kannst mir das ankreiden, wenn du willst, sagt sie, ich versuch nur, dir beizubringen, daß du dich auch um andere Regeln kümmerst außer deinen eigenen, und wir mußten dich wegschicken, Mickey, du hast uns in Stücke gerissen, du hast uns alle in Stücke gerissen, es war entweder du oder die anderen, ich mußte mich entscheiden. Warum hast du uns gehaßt, sagt sie, WARUM HAST DU UNS ALLE GEHASST, kommt's mir entgegen und hämmert mir wie 'ne Trommel im Kopf, Gott, in dem dunklen Krankenhaus, die Flure dunkel und die quietschenden Schuhe der Krankenschwestern draußen. Mir zitterten die Beine, ich wollte aufstehen und weg, aber ich konnte nicht aufstehen, einfach ihr GESICHT in dem Bett, Mann – ich nahm ihr Gesicht zwischen die Hände, und ich SCHRIE ihr direkt in die AUGEN, ich hab nicht DICH gehaßt, ich hab SIE gehaßt, DICH HAB ICH GELIEBT. Verfluchte Kacke. Jetzt ist sie zuhause. Sie ist zuhause, und ich bin weg, ich kann da nicht hin. Wenn ich nicht hier bei dir wohnte, würde ich irgendwo anders wohnen.

Das einzige, was du tun kannst, ist, das Schlechte in was Gutes verwandeln und dich nicht drüber auslassen, was es dich kostet – ich weiß zum Beispiel, daß ich gut bin, meine Stimme ist hell und rauchig, und ich kann jedes Intervall halten. Gebrauch eine Stimme, wie du eine Trompete spielst, perlend und mit langsamen Heulern und einem guten Bass – wie I'M FLYin ON AN AIRPLANE/ I'M WALKin ON A LAKE/MOVE MY LIFE AROUND/BUT IT'S ALL A MISTAKE – den Bass hart unterschnitten, das flache BWAH BUM im Text geht einem durch Mark und Bein, so daß sie gar nicht anders können, als dir zu geben, dir ZURÜCKzugeben. An DON'T YOU WISH/somebody knew you/an DON'T YOU DREAM/somebody calls your name – ja, ich weiß, daß ich's hab, ich sing auf der Straße, und ich kann hören, wie's die Leute hinter mir aufnehmen. Sobald ich genügend Knete hab, bin ich wieder in Europa, hier gibt's keine Rock-Clubs, nichts, um 'ne gute Band aufzuziehen, bloß Angeber, Mann, die Edelleder und Ketten tragen und zur Maskerade antreten, Scheunen voll verschwitzter Kostüme, alles GELD, sie haben alle Geld und keinen Druck, keinen Trieb – sie haben keine Ahnung von Musik, aber es spielt noch nicht mal 'ne ROLLE, Mann, die, die richtige Musik machen, können das auch ohne sie, die spielen mit ihnen, spielen mit ihnen wie auf 'nem mongoloiden Flipper, nichts macht Musik nieder, was sie *hat*, zergeht dir auf der Zunge und wird auf dem Weg nach unten zu Acid, du vergißt sie nicht. Die Kurzwellensoße ist keine echte Sprache. Guck mal, du fühlst meinen Mund, siehst du, wir reden.

Hier, ich möcht mein Gesicht nah an deins halten. Du teilst dein Kissen mit mir, okay, Liebling? Ich werd DEIN Freund sein.

Wenn es Nacht wird so wie jetzt, ich meine Spätnacht – die Nacht fängt nicht vor drei Uhr an – gefällt's mir, daß kein Licht mehr scheint und das Dunkel anders ist als vorher, wenn alle draußen sind und die Szene chekken und nach 'nem Flash suchen. Jetzt ungefähr fangen alle an zu sinken... Was denkst du? Wir sind keine schlechten Zimmerkameraden – Schatz, tu die Karten weg, spiel keine Spiele im Bett. Was? Du kannst meine Zukunft aus den Karten lesen? Ich glaub an den Kram, mach mir keine angst... Mach das Licht aus, ich hab was für dich, tu's im Dunkeln, wenn du's tun mußt.

Rayme

In unserer Studentenzeit brauchten wir alle Wahrsager. Niemand wußte genau, was in der Außenwelt passierte, und niemand scherte sich viel darum. Wir hatten keine Fernsehapparate, und wir kauften wenige Zeitungen. Wohngemeinschaftsleben schien ein Dauertanz zu sein, in dem jeder Partner wechselte, ein geduldiger Versuch in Häuslichkeit von Kindern, die der Reihe nach die Elternrolle übernahmen. Wir ließen uns treiben, aber wir waren zusammen. Eine Gruppe von uns pendelte zwischen mehreren großen, baufälligen Häusern, die auf steilen Straßen über- und untereinander angeordnet waren: eine schmuddelige Version von Terrassensiedlung in irgendeinem exotischen Asien. Die Häuser waren alt und gemütlich, mit einer Ansammlung überpolsterter Sessel und samtiger Sofas eingerichtet, die von Trödelmärkten zusammengetragen worden waren. Es gab keine Vorhänge an den großen Fenstern, deren rechteckiges rußiges Licht nur von einem Gewirr von Schlingpflanzen durchbrochen wurde. Die Pflanzen wurden unregelmäßig versorgt und gediehen wie alles Grüne in jener Stadt, umschlangen Simse und Rahmen, in denen noch das original wellige Glas von vor siebzig Jahren eingefaßt war. Das alte Glas war mit Fehlern und winzigen Blasen genarbt, die die Sicht einer bereits merkwürdig deplazierten und zu Scherben zerträumten Stadt noch mehr verzerrten. Die Landschaft des Traums waren die Häuser des Studentenghettos – eine Landschaft, die in vielen Fällen schon verdammt war.
Ich lebte in einem Haus in der Price Street mit drei männlichen Hausgenossen: einem libanesischen Fotografen aus Rochester, New York, einem jüdischen TM-Lehrer aus Michigan und einem Schreiner und Musi-

ker, der aus West Virginia kam, in der zum Scheitern verurteilten Präsidentschaftskampagne von Eugene McCarthy gearbeitet und das Jurastudium in Harvard aufgegeben hatte, um nach Hause zurückzukehren und Zimmermann zu werden.
Diese Geschichte könnte von jedem dieser Menschen handeln, aber sie ist über Rayme und zieht keine Schlüsse.

Vielleicht ist die Geschichte über Rayme, weil sie zu der einen oder anderen Zeit in all den Wohngemeinschaftshäusern lebte. Zwischendurch lebte sie bei ihrem Vater und ihrer Stiefmutter und ihrem Bruder. Oder sie lebte bei einer ihrer beiden älteren Schwestern, die in der Stadt geblieben waren und zu unserem Freundeskreis gehörten. Oder sie lebte in einer eigenen kleinen Wohnung, Schlafzimmer, Küche und Bad, in einem Haus, das in drei oder vier solcher Appartements zerhackt worden war. Sie lebte in mehreren dieser Einzimmerwohnungen alleine, und in allen ließ sie die Matratze und den Bettkasten, die mitvermietet wurden, aufrecht gegen die Wand gelehnt. Sie schlief auf einem kleinen Läufer, den sie nachts ausbreitete, oder sie schlief auf dem kahlen Fußboden, den Läufer exakt gefaltet als Kissen. Die meisten anderen Möbel schob sie in eine Ecke oder stellte sie draußen auf die Veranda. Röcke und Mäntel auf Kleiderbügeln, Stoffstreifen schmückten die Wände. Rayme holte große Zweige herein, einen Ziegelstein, einen Kiesel. Gewöhnlich gab es in der Wohnung lediglich fließendes Wasser; ihr Vater bezahlte die Miete, und das ist alles, was bezahlt wurde. Sie trug Pullover und Wollstrumpfhosen und ließ Kerzen brennen, um Licht zu haben. Sie benutzte den Kühlschrank als Schrank für Schuhe und Perlen und schien beinahe nichts zu essen. Sie verwahrte losen Tee und Körner in Einmachgläsern und leerte Kaffeedosen, die sie mit Nußschalen und Murmeln füllte. Vor langer Zeit hatte ihre Mutter in Argentinien Selbstmord begangen. Niemand redete je über den Tod, aber eine von Raymes Schwestern erzählte mir, daß der Selbstmord eher langsam als offen gewalttätig gewesen war. »Sie hörte auf zu essen, sie war krank gewesen, sie wollte nicht ins Krankenhaus gehen oder zum Arzt«, sagte die Schwester. »Sie brauchte mehrere Monate, um es zu tun.« Rayme erwähnte ihre Mutter selten und schien sich keiner besonderen Kette von Ereignissen, die die Vergangenheit betraf, sicher zu sein. Die Fakten, die sie verschiedentlich erwähnte, schienen beliebig, sie waren durcheinandergeworfen, sie waren vielleicht falsch oder verändert. Es ist wahr, daß ihre Eltern einander zweimal heirateten und sich zweimal scheiden ließen; der Vater war Professor, die Mutter hatte musikalisches Talent und vier Kinder. Rayme erzählte mir, daß ihr Vater seine Frau nicht Klavier spielen ließ; er verschloß den kleinen Flügel, weil sie zu »losgelöst« wurde, wenn sie spielte.

Als ihre Eltern das erste Mal geschieden wurden, war Rayme sechs Jahre alt, das einzige Kind, das bei der Mutter blieb. Sie lebten allein zusammen in Kansas. Rayme erinnerte sich nicht an viel. Sie sagte, manchmal kam sie aus der Schule nach Hause, und die Tür war verschlossen, und sie blieb draußen sitzen, bis es längst dunkel war, und hörte den Eulen in den Bäumen zu. Einmal gab es einen Tornado in Kansas; Raymes Mutter öffnete alle Fenster, »damit der Wind *durch* das Haus blasen kann, statt es kaputtzumachen«. Dann saßen sie in ihre Wintermäntel gehüllt auf dem Sofa, anstatt sich im Keller zu verstecken, damit sie zusehen konnten, wie die rasselnde Trichterwolke sich drehte und über die flachen Felder hinter der Stadt hüpfte.

In Kansas, sagte Rayme, verwahrte ihre Mutter Dinge wie Armbänder und Ringe, Modeschmuck, unter den Kopfkissen. Sie spielten mit diesen Dingen, bevor sie nachts einschliefen, und erzählten Geschichten. Rayme schlief an der Wand, weil ihre Mutter schlafwandelte und ungehindert ins Freie kommen mußte.

Bei der zweiten Scheidung war Rayme zwölf. Sie sagte, ihr Vater habe in der Mitte des Wohnzimmers gestanden und die Namen der Kinder aufgerufen. Er zeigte auf die eine oder die andere Seite des Zimmers. »Als wir richtig aufgestellt waren, sagte er, *die* Kinder würden bei ihm bleiben und *die* würden mit ihr gehen.« Rayme fuhr mit ihrer Mutter und ältesten Schwester nach Argentinien. Ein Freund der Familie dort bezahlte die Flugtickets und fand eine Wohnung; Raymes Vater bezahlte Unterhalt für die Kinder. Rayme lernte ein paar spanische Lieder. Ihre Schwester ging begleitet zu Verabredungen mit Jungen, es gab eine Terrasse, es war sonnig. Ihre Mutter starb da unten nach ein paar Monaten, und die zwei Kinder kamen auf einem Schiff zurück, unbegleitet.

Raymes Schwester erzählte mir, daß Rayme nicht reagierte, als ihre Mutter starb. »Alle anderen weinten, aber Rayme nicht. Sie saß einfach auf dem Bett. Sie war das Lieblingskind unserer Mutter.« Die Beerdigung war in Argentinien, und der Gottesdienst war katholisch. »Ich stand an der Tür, während der Priester im Schlafzimmer war«, sagte Raymes Schwester. »Rayme sah mich mit dem Ausdruck unserer Mutter an, absichtlich, um zu sagen, *ich* hätte meine Mutter verloren, aber *sie* nicht.«

Einmal schickte Rayme ihrer ältesten Schwester mit der Post einige brieftaschengroße Photographien. Es waren alles Photos von Rayme, die in verschiedenen Jahren von Schulphotographen aufgenommen worden waren, und sie waren alle mit winzigen Nadellöchern durchstochen, so daß die Gesichter weg waren. Ein anderes Mal kam sie zur Weihnachtsparty ihrer Schwester mit einer abrasierten Augenbraue. Ihre Schwester verlangte, daß sie die andere auch abrasierte, damit sie wenigstens zusammenpaßten, und Rayme tat es.

Irgendwann später in jenem Winter fuhr Rayme aufs Land, um in der Blockhütte eines Freundes zu wohnen. Sie lebte dort allein mit ihrer Katze; sie sagte, sie könne den Schnee heiraten. Die Katze wanderte in den Wald, und Rayme wanderte mitten auf der unbefestigten Straße sechs Meilen bis zum Highway. Es gab Regen und starken Frost, Eisblumen auf der Straße. Rayme trug ein Sommerkleid und ein Küchenmesser, das sie mit Lederriemen an den Arm gebunden hatte. Sie hatte ihr taillenlanges Haar topfförmig um den Kopf abgehackt und trug ihre dicken dunklen Flechten fest zusammengerollt in den Taschen ihres Kleides.

Dem Ehepaar vom Land, das sie auf dem Mittelstreifen des Highway in einer meditativen Pose fand, hatte sie nichts zu sagen, aber sie nickte und stieg ins Auto ein, als habe sie sie erwartet. Sie brachten sie in die Universitätsklinik, und sie ließ sich für drei Wochen einweisen. Ich besuchte sie dort; steif saß sie bei einem Fenster, das zwischen den Doppelscheiben mit Maschendraht verstärkt war, ihr Rücken sehr gerade, die Hände gefaltet. Sie sagte, es sei wichtig, gute Haltung zu üben, und sie bewegte den Kopf langsam, bedächtig, wenn sie nach rechts oder links sah. Ihre Haut war blaß und klar wie weißes Porzellan. Ehe ich wegging, wiederholten wir ein paar Rituale, die früher in halbernsten Spielen vorgekommen waren: Kinderlieder mit Handbewegungen (»Backe, backe Kuchen, der Bäcker hat gerufen ...«, »Alle Vögel fliegen hoch ...«, »Mein Hut, der hat drei Ecken ...«), einen Bewegungsablauf aus dem T'ai Chi, eine Reihe von chinesischen Verbeugungen in Zeitlupe. Sie sagte, das Krankenhaus sei wie eine große Uhr und sie sei auf dem Boden der Uhr; jeden Tag ging sie zur Gruppentherapie und spielte Domino im Gemeinschaftszimmer. Mittags aß sie auf einem Stuhl beim Empfang; sie mochte die weißen Kleider der Krankenschwestern und das Seufzen der Aufzüge.

Als sie schließlich entlassen wurde, war der TM-Lehrer, der in der Price Street wohnte, nach Cleveland gezogen. Rayme zog bei mir ein, bei dem Harvard-Schreiner, bei dem libanesischen Fotografen. Sie bezahlte keine Miete, aber wir hatten sowieso das Zimmer übrig, und manchmal kochte sie für uns.

Einmal kochte sie Suppe. Eine Stunde lang stand sie am Herd und rührte die Suppe in einem großen verbeulten Kessel. Ich schaute in den Topf und sah einen ausgezackten Gegenstand zwischen dem Gemüse schwimmen. Ich zog ihn heraus, hielt ihn an dem heißen, dünnen Rand: Es war ein großer Fetzen schwarz angelau-

fenes Linoleum von dem sich wellenden Küchenfußboden.
Ich fragte Rayme, wie ein Stück vom Fußboden in die Suppe gekommen sei.
»Ich hab's reingetan«, sagte Rayme.
Ich antwortete nicht.
»Es ist sauber«, sagte Rayme, »ich hab's erst gewaschen.« Und dann wütend: »Wenn du mein Essen nicht essen willst, dann schau's nicht an.«

Das war ihr schlimmster Sommer. Sie sagte mir, sie wolle das Thoraxin nicht nehmen, weil es sie zu einem anderen Menschen mache. Männer waren der Himmel und Frauen waren die Erde; sie mochte Bücher über Indianer. Sie sagte, Katzen seien gut und Hunde seien schlecht; sie haßte die untere Hälfte ihres Körpers. Sie hatte keine Liebhaber, sondern betete insgeheim Männer aus ihrer Vergangenheit an – Verwandte, Freunde, Männer, die sie in Zeitschriften oder auf der Straße sah. Ihr Freund von der High School war Krishna, ein späterer Jesus, ihr Vater »Buddha mit einem schwarzen Herzen«. Sie baute in ihrem Zimmer einen Altar aus Dielenbrettern und Betonblöcken, brannte Kerzen und Räucherstäbchen ab, ordnete Fichtennadeln und Kieselsteine in Mustern an. Sie wechselte oft ihre Verkleidung und verrückte mehrmals am Tag die Möbel in ihrem Zimmer, verschob sie gewöhnlich bloß um ein paar Zentimeter. Sie klebte Bilder an die Wand: der blaue Krishna auf seinem weißen Pony, der tanzende Shiva mit all seinen geschmückten Goldarmen, Lyndon Johnson in Glanzfarbe aus *Newsweek*, Kätzchen aus einer Toilettenpapierreklame. Ihr Bruder, drei Jahre jünger als sie und gerade mit der High-School fertig, besuchte sie mehrmals die Woche. Er brachte ihr eine blaue Flasche voll zerstoßener Minze mit und spielte seine Gitarre. Er wirkte ruhig, witzig, gesammelt; er sah wie Rayme aus, das gleiche dunkle Haar und den schlanken Körperbau und die gemeißelten Knochen. Sie sagte, er sei der Engel, der mit Schlafstaub an den Schuhen vom Fenster flog; er hatte seinen Schwestern, als sie alle Kinder waren, immer erzählt, daß er derjenige sei, der nachts ihre Augen fest verschloß, und daß sie ihn nie fangen würden, weil Jungen im Dunkeln Gespenster werden könnten.

An einem Nachmittag, als wir Meskalin genommen hatten, saß Rayme weinend auf der Couch in der Price Street. Die Couch war braun und genoppt, und man mußte zur Kante hin sitzen, sonst fielen die Kissen durch auf den Boden. Die Kissen waren durchgefallen, und Rayme saß bequem in dem Loch im Gestell, die Beine über das Vorderbrett gehängt. Sie saß da und schaute zur Decke, den Kopf zurückgeworfen wie eine Frau, die verhindern will, daß ihre Wimperntusche läuft. Sie blieb still, wie auf einem Thron, wartete, das Gesicht naß, aufmerksam. Ich beobachtete sie von der anderen Seite des Zimmers. »Ja«, sagte sie nach einer langen Zeit, als erfasse sie gerade eine Wahrheit, »Tränen waschen die Augen und geben der Schläfenhaut Feuchtigkeit.«

Wir alle zogen eine Reihe von Karten zu Hilfe, die keine Beziehung zu irgendeiner physikalischen Geographie hatten, und Rayme war wie ein Telefon zu einer anderen Welt. Ihre Botschaften waren Silben aus einem forschenden Traum, und jede ihrer Bewegungen war präzise, wie die eines Fahrers, der seinen Wagen sicher steuert, indem er die Straße durch den Rückspiegel beobachtet.

Ich hatte sie kennengelernt, als wir beide als Kellnerinnen im »Bonanza Steak House« arbeiteten. Sie mochte die Cowboyhüte und die karierten Hemden mit der geflochtenen Borte, und sie bestand darauf, die Ausstattung durch die hochhackigen Stiefel ihres Bruders und eine Schnürsenkelkrawatte aus den Carlsbad Caverns, verziert mit einem winzigen sechsschüssigen Revolver, zu vervollständigen. Sie kam mit diesen Verschönerungen der Geschäftsbräuche durch, weil ihr Tick harmlos schien. Sie stand kerzengerade hinter Tellern mit zischenden Steaks, die für numerierte Tabletts bestimmt waren, und sah gespannt in die ausdruckslosen Gesichter von Kunden, die der Reihe nach vorbeischlurften. Sie machte Stepptanzschritte auf der Stelle, schwenkte ihren Bratenwender, hob den Hut und sprach jeden mit Sir oder Madame an. Sie mochte das Ritual der vollkommen überflüssigen wöchentlichen Personalversammlungen, in denen Rocklängen und Haarnetze und Kundenkontingente diskutiert wurden. Sie bewunderte den Manager und nannte ihn Mr. Fenstermaker, während alle anderen ihn spöttisch als »Chester« bezeichneten, nach dem Hinkebein aus *Rauchende Colts*. Er war ein dicker teigiger Junge von ungefähr dreißig, der mit einem Klemmblock voller Namen und Arbeitsstunden durch das »Geschäft« lief, wie er es nannte. Während der Versammlungen saß Rayme an seiner Seite und schrieb seine Anweisungen in sorgfältiger schräger Schrift mit, um sie später an der Tür des Angestelltenwaschraums aufzuhängen. Sie heftete auch die Titelseiten von verschiedenen *True Romance*-Comics an. Einmal bekam sie Ärger, weil sie in den Kartoffelbrei Muskatnuß und Bananenscheiben gemischt hatte, und nochmal, als sie die Steak-Preisschilder aus Plastik in einem Mandala, umrahmt von weißen Steinen, über das rohe Fleisch anordnete. In der Mitte des Mandalas lag ein kleines, vollkommenes Vogelei. Das Ei war von reinem Blau; darauf hatte Rayme in winzigen goldenen Zeichen ein chinesisches Wort gemalt. Später erzählte sie mir, daß sie das Wort extra in einem Lehrbuch nachgeschlagen hatte; das Wort bedeutete »Bankett«.

In der Price Street war Rayme geschützt. Sie verlor keine Jobs mehr, weil sie keine mehr annahm; stattdessen arbeitete sie in dem verwilderten Garten, band Tomatenpflanzen mit Streifen schweren Satins und Brokats an Stangen – Vorhänge, die sie in einem Haufen von Trödel gefunden hatte. Peinlich genau schnitt sie den Stoff in abgemessene Stücke und säumte sie. Sie hielt das Haus voll wilder Blumen und blühenden Unkrauts und hing in den Fluren Kräuter zum Trocknen auf. Der Sommer war einfach. Niemand erwartete von ihr, daß sie an Tagen sprach, an denen sie nichts sagte. Sie war ausgeglichen. Sie tat so, als seien wir mythische Menschen, und brachte uns Geschenke, die sie selbst gemacht hatte: eine Puppe aus Stöckchen und Maisfasern mit einer Glasscherbe als Gesicht oder das Skelett einer Eidechse, vollendet aufgebahrt in einer samtausgeschlagenen Mundharmonikaschachtel.
Ende August wurde uns mitgeteilt, daß die Price Street und die verlassenen Häuser in ihrer Umgebung von der

Stadt abgerissen würden, »um das Krankenhausgelände zu wertvollerem Grundbesitz zu machen«. Wir anderen beschwerten uns resigniert, aber Rayme sagte nichts dazu; still begann sie nachts im Erdgeschoß des Hauses aufzubleiben. Tag für Tag wachten wir auf, um die Möbel umgedreht und zu einem Haufen aufgestapelt zu finden, die Teppiche zusammengerollt, Bilder verkehrt herum an den Wänden. Sie nahm persönliche Gegenstände aus den Schlafzimmern, wickelte sie in ihre Hemden und Jeans und band die sorgfältig gefalteten Pakete mit Bindfaden zusammen. Wir riefen eine Hausversammlung ein, um ihr Verhalten zu besprechen, und Rayme weigerte sich teilzunehmen. Sie ging nach oben und begann, Teller aus den Fenstern zu schmeißen.

Wir baten ihren Bruder, in die Price Street zu kommen und mit ihr zu reden. Sie saßen ein paar Stunden in ihrem Zimmer, dann kamen sie nach unten. Rayme sagte, sie habe kein Geld, vielleicht würde sie eine Weile bei ihrer Schwester wohnen. Sie wickelte die gestohlenen Gegenstände mit großem Zeremoniell aus und gab sie uns als Geschenke zurück, während ihr Bruder lächelnd zusah. Um Mitternacht machten wir Weizenpfannkuchen und aßen sie wie die Indianer mit Melasse auf der dunklen Veranda.

Ein paar Jahre später, als alle Häuser, in denen wir zusammen gelebt hatten, abgerissen waren, sollte Raymes Bruder sich mit einer Pistole erschießen. Er würde es neben einer Hütte tun, die er als illegaler Siedler auf einem einsamen Campingplatz gebaut hatte, fünf Meilen einen steilen Bergpfad hinauf. Er würde keine Aufzeichnungen hinterlassen; sein Leichnam würde eine ganze Weile nicht entdeckt werden. Als sie ihn schließlich fanden (»sie« heißt Leute in Uniform), sollten sie Mühe haben, eine Bahre den Pfad hinunter und über die Felsen zu bekommen.

Aber dies war davor. Es war September 1974, die meisten von uns würden die Stadt in ein paar Wochen verlassen, und ich war vor kurzem schwanger gewesen. Ein paar fuhren nach Belize und sollten dort ein Erdbeben überleben. Manche fuhren nach Kalifornien und würden sich in der 164. Straße in Oakland niederlassen. Ein paar blieben in West Virginia, um dieselbe Geschichte auf noch versprengtere Weise fortzuführen. Mein Freund, der Schreiner, fuhr zu einem Bauprojekt, das sich nie verwirklichen sollte, nach Nicaragua. Wir hatten zusammen Paßphotos machen lassen; er würde seinen Paß in der Gesellschaft von jemand anderem benutzen, und ich würde meinen irgendwo in Arizona verlieren. Aber an diesem Tag im September hatte ich Arizona noch nicht gesehen, und wir alle fuhren zum Schwimmen an einen verlassenen See, obwohl das Wetter umgeschlagen war.

Ich erinnere mich, daß ich als erste in den See ging, daß das Wasser wärmer als die Luft war. Am Ufer zogen die anderen ihre Kleider aus – Jeans und Jeansröcke, weiche, abgetragene Kleider, unendlich praktisch. Ihre Körper waren blaß und langsam gegen den dunklen Waldrand. Sie gingen jeder für sich in den See, ziellos, aber Rayme schwamm direkt auf mich zu. Es war beinahe Abend, und die Luft roch nach Regen. Jedes Geräusch war vom Wind in den Blättern der Bäume gedämpft, und als Rayme plötzlich nahe bei mir war, war das Platschen ihrer Bewegung ein Schock, wie Aufwachen. Ihre Hände streiften meine Beine – ihre Berührung unter Wasser so weich wie die Berührung einer Pflanze – und sie schwamm an mir vorbei, schwamm tiefer, schwamm weiter hinaus.

Ich wollte auf etwas Festem stehen und schwamm zum Steg, der ortsfest und kräftig dastand zum Vertäuen von Motorbooten. Er zog sich weit ins Wasser hinaus. Wer hatte ihn an diesem verlassenen Platz gebaut? Er war alt, das verwitterte Schwarz von Eisenbahnschwellen. Ich zog mich auf das splittrige Holz hoch und begann darauf entlangzugehen, berührte die Pfähle, hörte das Gurgeln von aufgewühltem Wasser, während der Sturm aufzog, hörte meine eigenen Schritte. Wohin gingen wir alle in Wirklichkeit, und wann würden wir je ankommen? Unsere Ziele schienen austauschbare Pausen in irgendeinem langen, lyrischen Transit. Diese Zeit, die beinahe vorüber war, diese Jahre schienen einer Familie so nahe zu kommen wie die meisten von uns es je erleben würden.

Nun kam von weither der Regen, fegte in einem silbernen Blatt übers Wasser. Die wartende Oberfläche bekam Tupfen, mit Regensplittern beschlagen. Rayme war ein weißes Gesicht und Schultern, die zweihundert Meter weit draußen trieben. »Kate«, rief sie über die Entfernung, »als du die Abtreibung hattest, hast du daran gedacht, dich umzubringen?«

»Nein«, rief ich zurück. »Komm aus dem Wasser.«

Überholspur

Wir gingen einen Grashügel zum See hinunter.
»Das sollte in Ordnung sein mit dem Laster«, sagte er. »Ist sowieso niemand hier.«
Hinter uns stand der Pickup gedrungen und rot in der Sonne, eine schwarze Plane mit Seilen über die Kisten und Koffer auf der Ladefläche gebunden. Heiß und glänzend, die Plane schimmerte wie eine dunkle Flüssigkeit. Der Rastplatz war eine kleine Kiesfläche, markiert von einem niedrigen Holzzaun und drei großen, an Pfosten geketteten Aluminium-Mülltonnen. Dahinter glitzerte die Zufahrtsstraße, ohne Mittelstreifen und vollkommen glatt, in der schräg darauffallenden Hitze.
»Wo sind wir?« fragte ich.
»Irgendwo im Westen von Georgia.«
Ich konnte die Augen schließen und hatte das Gefühl, immer noch quer über dem Sitz des fahrenden Pickup zu liegen, mein Kopf auf seinem säuerlich riechenden Schenkel und die Knie angezogen. Das Lenkrad war eine gebogene schwarze Stange dicht vor meinem Gesicht, deren dunkle Einbuchtungen sich drehten. Wir hatten nicht gesprochen, seit wir von dem Parkplatz des Motels in New Orleans abgefahren waren. Jetzt stolperte ich, und er zog mich neben sich hoch. Die Pflanzen waren dicht und seidig. Blütenstaub stieg in Wolken auf und ließ sich im Dunst nieder. Der Abhang wurde steiler, und wir schienen in die Tiefen des Grases zu rutschen, dann wurde es eben, und mehrere ausladende Ulmen säumten das Wasser. Das Ufer war grün bis zum Rand. Wir traten in den Schatten der Bäume

und spürten die Kühle durch unsere Schuhe. Er schlüpfte aus seinen Turnschuhen, die keine Schnürsenkel hatten, zog sein Hemd und die Jeans aus. Die Gürtelschnalle klirrte auf Steinen. Dann stand er da, berührte die weiße Haut seines Bauchs. Seine Augen waren blau wie blaues Glas und blutunterlaufen. Er hatte nicht geschlafen.

»Alles in Ordnung mit dir?« sagte er.

Ich antwortete nicht.

»Du hast keine Verpflichtung mir gegenüber«, sagte er. »Ich sag dir nicht, wen du in einer Bar aufgabeln sollst. Aber um acht heute morgen begann ich mich zu fragen, ob ich dich nicht dalassen müßte und deinen ganzen Krempel mitten in der Bourbon Street abladen.«

Er drehte sich um, bewegte sich durch hohes Gras zum Wasser. Ich sah ihn hineingehen und vorstoßen, bis zu den Schultern versinken. »Thurman«, sagte ich, aber er war untergetaucht, schlängelte sich lang und bleich unter der Oberfläche.

Ich zog mein Kleid aus und ließ es ins Gras fallen, weiß und zerknittert, es roch nach Rum. Der See schien zu wachsen, als ich näher kam, er gähnte wie ein kühler Mund im Zentrum der Hitze. Ich war in ihm; ich sank in die Knie, als das Wasser über mir zusammenschlug, fühlte dann, wie der Schlamm sich setzte, während ich flach da lag und versuchte, unten zu bleiben. Ich hielt die Knie umschlungen und wiegte mich, hörte nichts. Ihre Gesichter verblaßten, und die Linien des weißen Koks auf der glänzenden Schreibtischplatte. Ich rollte mich auf die Seite, und das Wasser schob sich heran, wurde dunkler, violett. Es war Thurman, der näher kam, die Farben veränderte, und ich spürte seine

Hände an meinen Armen. Er zog mich hoch und die Luft barst, als wir auftauchten, Wasser strömte an uns herab.
Ich weinte nicht, aber ich fühlte die bleierne Luft aus meiner Brust entweichen. Ich fühlte, wie fest er mich hielt und wußte, daß ich zitterte. Mein Herz schlug mir in der Kehle und den Ohren, hämmerte. Er hielt mein schweres Haar zurückgezogen und in einer Hand gebündelt, und mit der anderen schüttete er mir Wasser über Nacken und Schultern, streichelte mit seiner warmen Handfläche die Kühle. Er sagte leise, unzusammenhängende Worte und Kinderverse. Ich fühlte meine Zähne in den Lippen und meine Stirn langsam auf seine Brust sinken. Mich an seinen breiten Schultern haltend, konnte ich ihn mit dem ganzen Körper fühlen.
»Ich hab eine Skizze zum Motel auf die Serviette gezeichnet, und du hast sie verloren, nicht?« sagte er. »War mir klar. Wir waren beide betrunken, als ich sie dir gab.«
Hinter seiner Stimme war ein Summen von Insekten und Heuschrecken und das entfernte Geräusch des Highway. Der Highway spielte drei Akkorde jenseits seiner geröteten Arme; ein tiefes Dröhnen, ein anhaltendes Seufzen in mittlerer Tonlage und ein so schrilles Jaulen, daß es weg war, ehe es richtig anfing. Die Geräusche trieben auseinander und flossen zusammen, wie die Geräusche ihrer Stimmen in dem Zimmer gestern nacht und die Musikfetzen aus dem Club darunter. Da war ein verhaltenes Klirren von Geschirr oder Silber in weiter Ferne und das Geräusch des Betts, nah, unter mir, aber unecht, wie ein Geräusch durch eine

Wand, das letzten Endes eine Aufzeichnung sein könnte, ein Scherz von irgend jemandem.
Ich redete offensichtlich, denn Thurman sagte: »Nein, kein Scherz.« Als er das sagte, konnte ich das Wasser wieder fühlen, um uns, zwischen uns.
»Ich weiß nicht mehr genau, wo ich bin«, sagte ich.
»Bleib stehen. Alles ist jetzt okay. Niemand versucht etwas. Ich bin's. Erinnerst du dich an mich? Den Fahrer?«
»Ja. Ich erinner mich an dich. Du bist der, der in Dallas geboren wurde.«
»Richtig. Das ist gut. Jetzt hör mal zu. Wir gehen jetzt aus dem Wasser und lassen uns fünf Minuten trocknen. Ich rühr dich nicht an. Du wirst dich gut fühlen in der Sonne, und ich rauch einen Joint.« Er drehte sich im Wasser um, während er mein Handgelenk hielt und mich sanft zum Ufer zog.
»Ich kann das Kleid nicht wieder anziehen«, sagte ich.
»Dann laß es für den nächsten Flüchtling. Laß es, wo es ist.«
»Niemand sollte es tragen.«
»Du kannst mein Hemd anziehen«, sagte er. »Du wirst großartig aussehen in blauem Jeansstoff und ohne Hosen, wie Doris Day in einem Pyjama-Film.«

Thurman hatte in Dallas viele Doris Day-Filme gesehen, in Kinos in seiner Nachbarschaft, die nicht gerade das »Ritz« waren. Seine beiden älteren Brüder küßten Mädchen auf dem Balkon, während er in der letzten Reihe unten bei den Mexikanern saß. Die blauäugige Doris flimmerte in einer schlechten Kopie über die

Leinwand, begleitet von sprudelnder Musik und den spöttischen Zwischenrufen der illegalen mexikanischen Einwanderer. Thurman sagte, er mochte Doris in jenen Tagen, weil sie so jenseits von allem war, daß sie für niemanden Sinn ergab, und sie zog einfach weiter die Augenbrauen hoch, keck, nicht die Hellste, während geknülltes Papier und Popcornschachteln von der Leinwand abprallten. Danach ging er mit seinen Brüdern über die Autobahn nach Hause, lange Bürgersteige hinauf zu dem, was damals bloß ein paar Häuser waren, noch nicht einmal ein Vorort. Seine Brüder erzählten Geschichten über die Mädchen und zogen ihn auf, weil er bei den Mexikanern saß. Zuhause hielten sie ihn machmal an den Füßen über die Toilette, spülten ab und drohten, ihn hineinfallen zu lassen. Das, sagte Thurman, war ein Vorbote für das ganze Dallas in den fünfziger und frühen sechziger Jahren: fransenbesetzte Hemden, dampfende Bürgersteiggullis, die im Sommer mit Speichel verkleistert waren, lärmende Gruppenrammelei beim ersten Mal in einem Bordell mit Stierköpfen an den Wänden. Nicht bloß die Hörner, sagte er, der ganze verdammte Kopf, ausgestopft, als wäre es ein Löwe aus Afrika. Und Football, ständig Football: Thurmans Vater war ein erfolgreicher High School-Trainer, dessen Stolz es war, in seinen Mannschaften die eigenen Söhne herauszustellen. Einen nach dem anderen hatte er sie alle trainiert, bestraft, zu einer anstrengenden und vorübergehenden Berühmtheit getrieben.

Als ich Thurman kennenlernte, trieb er sich herum, und ich trieb Richtung Heimat. Er fuhr einen Datsun-Pickup, und er lebte im Vorgebirge bei Denver. Er hatte ein kleines Holzhaus mit einer schrägen Küche, einem kaputten Boiler und einem neuen Oberlicht, das in weißer Fichte gegen alte Deckenbretter und herunterhängende geblümte Tapetenstreifen gerahmt war. Er machte mit Freunden von mir Musik und schreinerte und lud mich einmal zum Essen in einem guten indischen Restaurant ein. Er war mit dem Peace Corps in Ceylon gewesen, und er sagte, man sollte die Gerichte direkt aus der Schüssel essen, mit der Hand, aber nur mit einer. Die andere blieb im Schoß, um zu beweisen, daß man zum Essen und zum Reinigen verschiedene Hände gebrauchte.

Er blieb über Nacht bei mir, vor allem, weil ich die Art mochte, wie er von hinten aussah, als er später Orangen kaufte, sich durch die Schnorrer auf einem Freiluftmarkt schlängelte. Er hatte einen Stoffbeutel an seiner Hüfte baumeln, aber keiner von ihnen bat um Kleingeld. Er war groß und breitschultrig in einem bauschigen weißen Hemd, rothaarig und rotbackig; er hatte sich ein bißchen herausgeputzt und bei mir vorbeigeschaut, ohne mich wirklich zu kennen, um so zu tun, als sei ein gutes Essen nichts Besonderes. Er war wahrscheinlich einsam, aber er bewegte sich schön, männlich, nicht arrogant, warf die Orangen mit der beiläufigen Eleganz eines Exsportlers, der mit Dreißig noch in Form ist, in einen Beutel. Die Sonne ging unter; es war Frühsommer; das Obst war wie hübsche Ornamente auf grünen Tabletts aufgeschichtet. Ich begehrte Thurman nicht wirklich, aber ich mochte ihn, und es war Zeit, mit jemandem zu schlafen. Ich wußte, daß er geduldig und langsam sein würde, und wenn ich ein bißchen angeturnt würde, wäre es okay, ich würde mich besser fühlen. Aber er machte zu lange, er weckte mich in der Nacht wieder auf, und am nächsten Morgen wollte er noch bleiben. Er hatte eine ganze Weile mit jemandem in San Antonio zusammengelebt; das war vor drei Jahren auseinandergegangen, aber sein Leben begann für ihn ab dem Zeitpunkt: All die Städte, in denen er seitdem gelebt hatte, Berkeley, Austin, Jackson, Eugene, Denver, all die Durchgangsstädte im Westen. Wir redeten über Geld – daß ich meins ausgegeben hatte, weil ich, als ich kellnerte und von fremden Tellern aß, mir Drüsenfieber geholt hatte; daß er viel verdiente, weil er mit einer Gruppe von Immobilienhändlern aus Aspen Häuser in den Bergen baute. Schließlich trank er seinen Orangensaft und ging. Ich dachte nicht viel an ihn, bis ich einen Monat später am Anschlagbrett einer Buchhandlung in seinem Aushang las, daß er Mitfahrer suchte. Er würde eine Weile unterwegs sein, durch Texas und Louisiana in den Süden, dann die Küste hoch. Ich ging ihn suchen und fand ihn in einem Naturkostladen, wo er die Holztüren zu einem Kühlraum einsetzte.

»Willst du für immer weg?« fragte er. »Willst du nach Hause?«

»Hier geh ich für immer weg. Zuhause bleib ich nicht lange.«

»Warum fährst du dann? Einfach so?«

»Das ist eine lange Geschichte, Thurman. Ich möchte sie hier neben dem Pflaumennektar und den Saftkartons, die ›Erleuchtung‹ versprechen, lieber nicht vertiefen.«

»Du bist eine Zynikerin«, sagte er, den hellen Türrahmen abmessend. »Deshalb willst du weg. Du kannst es

hier im Paradies nicht aushalten, wo jeder schön ist und Mädchen kein Make-up tragen dürfen.«
»Du hast es erfaßt. Ich möchte zurück in meine Heimatstadt und Wimperntusche kaufen.«
»Selbst tot würdest du dich nicht mit getuschten Wimpern sehen lassen.« Er hielt die Glasscheibe gegen den Rahmen, prüfte, ob sie paßte, setzte sie dann wieder ab. Er sah mich durch die offene Tür der Kammer an, während er in einer Hand das Schloß hielt und in seiner Schürze nach Schrauben kramte. »Du bist als Mitfahrerin angenommen.«
Ich schaute auf den Boden, dann wieder zu ihm. »Die Sache ist, ich muß ziemlich schnell dort sein. Mein Vater ist krank.«
»Wie krank?«
»Einfach krank. Er muß in zwei oder drei Wochen operiert werden.«
»Tja«, sagte er und fuhr mit der Hand über das Holz, »dann wirst du beinahe rechtzeitig dasein. Drei Wochen sind wohl das Früheste, was ich schaffen kann. Mit Fahrtunterbrechungen. Aber du mußt dir keine Gedanken übers Geld machen. Du mußt nur dein Essen bezahlen.« Er sah von mir weg, lehnte sich zurück, um das Schloß einzupassen. »Ist das ein Angebot?«
»Das beste, das ich je bekommen hab.«
»Gut. Ich fahr in vier Tagen.«
»Thurman«, sagte ich, »ist das eine Nummer mit Anfassen?«
Er prüfte die Angeln und zuckte die Achseln. »Es ist keine besondere Nummer. Wie immer es sich ergibt. Außerdem kannst du mit mir fertigwerden. Ich bin ein Schwächling.«

»Gut. Ich geh nach Hause packen.«
Ich drehte mich um und ging hinaus, und als ich gerade auf der Straße war, hörte ich ihn hinter mir rufen: »Hör mal, kannst du mit dem Radio mitsingen? Kannst du ’nen Ton halten?«

Wir fuhren in der Dämmerung aus der Stadt. Ich hatte dieses gewisse Gefühl, das einzige High des Herumtreibers: ich war frei, es spielte keine Rolle, wenn ich diese Straßen nie wieder sah; noch während wir sie durchfuhren, entfernten sie sich und traten in ein Reich ortloser Straßen. Selbst die Menschen waren verschwunden, die guten und die schlechten; was immer Wirkliches geschehen war, gehörte mir, ich nahm es alles mit. Ich war verschwunden, unsichtbar, eine weitere Wohnung leer zurückgelassen, meine Habseligkeiten weggegeben, weggeworfen, weggepackt in zugeklebten Kartons, die auf einem verfügbaren Fahrzeug verstaut waren. Das Fahrzeug war das Licht, das frühe Licht und später die Dunkelheit.
»Hey, Träumerin«, sagte Thurman, »was machst du?«
»Ich bete«, sagte ich.
Er lächelte. »Ich hab ein bißchen Speed genommen, ich fahr einfach immer weiter. Schlaf, wenn du willst.«
»Okay«, sagte ich.
»Morgen früh New Mexico«.
»Gut. Da wird’s schön sein.«

Thurman fuhr durch bis nach Albuquerque, wo wir über Nacht blieben, in der Wohnung einer Stewardess, die er im College gekannt hatte. Sie lebte im Erdgeschoß eines Gebäudes direkt neben der Autobahn, mit

Motel-Terrassen und einem Kunstledersofa. Die Stewardess war nicht da, und es sah so aus, als sei sie nie dagewesen, leere Regale und kiesig weiße Wände ohne Spuren. Ich saß aufrecht im Bett, und meine Beine zitterten noch, nachdem sie ihn umklammert hatten.

»Du könntest so eine gute Geliebte sein«, sagte er. »Ich kann spüren, daß du es mal gewesen bist, aber du bist so beschäftigt damit, auszusteigen.«

»Diese Matratze ist zu weich.« Ich zog mich von ihm zurück. »Die Laken sind mir zu schwer. Ich schlaf im anderen Zimmer auf dem Boden.«

»Dem Boden«, sagte er. Er zündete sich eine Zigarette an. »Schade, daß du nicht schweben kannst, dann könnte noch nicht mal der Fußboden dich berühren.«

Ich ging ins Wohnzimmer und schob die Möbel gegen die Wände. Es gab nur drei Stücke: die schwarze Couch und einen Sessel und einen Tisch aus Kunststoff. Sie alle schienen gewichtslos, wie aus Pappe. Ich legte mich in die Mitte des Zimmers auf den Teppichboden, die Arme ausgestreckt, die Füße zusammen und zählte jeden Atemzug, zählte mit dem Summen der Klimaanlage. Ich tauchte weg. Ich hörte nichts, bis ich ihn im Zimmer spürte. Er saß neben mir, im Schneidersitz, in der Dunkelheit.

»Wovor hast du Angst?«, sagte er.

»Ich weiß nicht. Zurückzugehen.«

»Erklär's mir. Sag's Thurman.«

»Kann ich nicht. Manchmal ist es schwer zu atmen, als lebe man unter Decken.«

»Heiß?«

»Heiß, aber auch kalt. Ich zittere.«

»Dann geh nicht zurück.«
»Ich muß«, sagte ich. »Es nützt nichts mehr, wegzubleiben.«
Er stand auf und ging ins Schlafzimmer. Ich hörte ihn mit einer Bewegung das Laken vom Bett abziehen, mit einem leisen Schnappen kam es frei. Er brachte auch ein Kissen, stand zu meinen Füßen und warf das weiße Laken aus, so daß es sich wie die rechteckige Flagge eines reinen und leeren Landes über mich legte.
»Es ist Mitternacht«, sagte er. »Schlaf ein bißchen. Wir müssen hier früh raus.«

Gegen neun Uhr morgens waren wir zwei Stunden südlich von der Stadt auf der Route 25. Wir redeten nicht; die Straße war gerade und zweispurig, das Licht war noch klar, aber verdichtete sich bereits mit der Hitze, die später kommen sollte. Wir beide hatten mit der Dämmerung aus der Wohnung hinausgewollt; wir hatten einen halben Karton Orangensaft getrunken, den wir in dem makellosen Kühlschrank gefunden hatten, hatten getrunken, während wir vom Parkplatz fuhren, halb benommen, in Müdigkeit gehüllt. Thurman hielt das Lenkrad mit einem Knie fest, starrte geradeaus.
»Kannst du einen Wagen mit Gangschaltung fahren?«
»Vielleicht«, sagte ich, »ich hab es nur eine Weile nicht mehr getan. Ich bin mir nicht sicher, ob ich noch weiß, wie's geht.«
»Was?« Seine Stimme war ausdruckslos.« Du bist dreiundzwanzig und Amerikanerin und kannst nicht Autofahren?«
»Ich hab den Führerschein. Hab ihn bloß nie gebraucht.«

»Wieso nicht?«
»Weil ich, als ich sechzehn war, mit dem Wagen meiner Mutter in die Einfahrt einbog, den Wagen meines Vaters seitlich streifte und hinten auf den meines Bruders fuhr.«
Thurman schüttelte den Kopf. »Wunderbar.«
»Ich fuhr nur zehn Meilen die Stunde – es war kein großer Schaden. Ein paar Kratzer und verbeultes Chrom. Aber danach war mein Fahrstil ein Familienscherz, und niemand wollte mich hinters Steuer lassen.«
»Kann ich mir vorstellen.«
»Außerdem war es eine Kleinstadt. Meine Freunde hatten Autos.«
»Tja«, sagte er, »dies ist keine Kleinstadt, und ein Freund ist auch nicht in Sicht. Du wirst also fahren lernen.«
»Thurman, willst du mich befreien?«
»Nein, du wirst mich befreien. Ich hab vor, genau die Hälfte dieser Reise angenehm stoned zu verbringen, am Radio zu spielen und Pornohefte zu lesen.«
»Ich wußte nicht, daß du Pornohefte liest.«
»Nur die wirklich dreckigen, die, die nichts vortäuschen. Und ich will keinen Scheißkommentar darüber hören.«
Bei Cuchillo fuhr er von der Straße ab und hinter der Ausfahrt nach links. Wir konnten die Stadt in der Ferne sehen, braun und weiß und geduckt. Thurman fuhr in die entgegengesetzte Richtung. Das Land war absolut flach, flimmerte vor Hitze, eine mondartige unwirkliche Oberfläche, eben wie Spiegel. Licht prallte wie Messergleißen davon ab. Die Berge in der Ferne waren

blau und beige, baumlos. »Pinos Altos«, sagte Thurman, »oder die Nimbres-Kette, ich weiß nicht welches von beiden. Wir sind nicht weit von Elephant Butte und dem Reservat.« Er steuerte auf die Bankette neben der schmalen Straße zu, bremste und blieb stehen, während gelber Staub um uns aufstieg. »Guter Ort für eine Zeremonie.« Er stellte den Motor ab und sah mich an. Er sah erstaunlich klar umrissen aus in dem frühen, heißen Licht, die Stirn feucht, seine großen Hände öffneten sich mir in gleichmäßigen Gesten und beschrieben kleine Kreise, während er redete.

»Also«, sagte er, »das hier wird zwanzig Minuten dauern. Denk daran, eine Handschaltung ist immer noch das Beste – sie läßt dich den Motor und die Straße wirksamer spüren als ein Automatik. Niemand, der viel von Autos versteht, fährt einen Automatik.«

»Automatik ist für Jungfrauen, nicht, Thurman?«

Er stieg aus dem Pickup, blieb stehen und sah von der Straße zu mir herein. »Rutsch rüber.«

»Müssen wir so ernst sein? Es war ein Witz.«

»Ich lache nicht. In dreißig Minuten ist dies angenehme Zwischenspiel mit siebenundzwanzig Grad vorbei, und die Temperatur steigt bis auf zweiundvierzig. Es ist Anfang September in Texas. Wir müssen weiterkommen. Also paß auf.«

»Okay.«

»Es ist ganz leicht«.

»Nichts Mechanisches ist leicht.«

Er seufzte. »Bist du fertig?« Er beobachtete mein Gesicht, als ich auf den Fahrersitz rutschte, schlug dann die Tür des Pickup zu und ging um das Fahrerhaus herum. Er stieg ein und saß bewegungslos, wartete.

»Ich werd ein paar Anweisungen brauchen, wenn es dir nichts ausmachen würde.«

»Guck, es ist heiß in Texas. Wir wollen's beide leicht nehmen.«

»Versuch ich ja.«

Er sah weg, dahin, wo die Straße in einer Luftspiegelung hinter einem Nichts verschwand, und sagte auf: »Rechter Fuß, Gas und Bremse. Linker Fuß, Kupplung. Jetzt tritt die Kupplung durch, stell den Leerlauf ein, und mach die Zündung an.«

Der Motor drehte sich und sprang an. Ich wollte aus dem Pickup steigen und in die braunen Felder gehen, immer weitergehen. In der Ferne bewegten sich kreisende Vögel wie ein Muster aus Strichen am Himmel. Etwas war tot dort draußen, vergilbt wie der Staub und wie Spitzen durchbrochen mit Verschwinden. Thurmans Stimme fuhr fort, aber näher. Er war zu mir herübergerutscht. »Laß die Kupplung langsam kommen. Gib Gas, während du sie kommen läßt, genug Gas im richtigen Augenblick, oder du würgst den Motor ab. Jetzt versuch's, so ist gut, jetzt Gas ...« Der Pickup machte einen Satz nach vorn, stotterte, machte noch einen Satz, soff ab. »Versuch's nochmal«, sagte er, »ein bißchen glatter, laß die Kupplung noch ein bißchen kommen, so – jetzt.«

Er redete, wir holperten und bewegten uns, rollten zaghaft nach vorn, blieben stehen. Die Felder blieben still. Ein Straßenköter kam aus dem Gebüsch getrabt und setzte sich mitten auf die Gegenfahrbahn, sah uns hechelnd zu. Der Hund war vielleicht zwanzig Pfund geschmeidiges Tier, unbeweglich, ein Wüstenstein mit Schlitzaugen. »Nochmal«, murmelte Thurman, »so ist's gut, gib Gas, nicht zuviel, *okay, okay*, wir fahren, achte nicht auf den Hund, achte auf die Straße. Gut, gut, jetzt – wenn du in einem Gang zu langsam fährst, läuft der Motor untertourig. Hörst du das? Er läuft untertourig. Gib mehr Gas ...«

Er redete immer weiter in dem engen Fahrerhaus, in dem wir beide schwitzten, bis die Wörter ihren Sinn verloren. Ich wiederholte immer die gleichen Bewegungen; Kuppeln, Gas, Schalten, Bremsen, Zurückschalten, immer wieder dasselbe Stück Straße rauf und runter. Der Straßenköter saß da und beobachtete uns von der einen oder anderen Seite des Bürgersteigs, und als wir das letzte Mal vorbeikamen, stand er auf und trabte zurück ins Feld in Richtung Nirgendwo. Ich holperte die Auffahrt zur Autobahn hinauf, während Thurman für mich schaltete, dann auf die Autobahn selbst, und er applaudierte.

»Verzeihst du mir?« fragte ich.

»Wofür?« Er paßte auf die Straße auf, saß nahe genug, um ins Steuer zu greifen. »Guck in die Spiegel, du mußt immer wissen, was hinter dir kommt.«

Ich schaute kurz hinein. »Wegen gestern nacht«, sagte ich, »es tut mir leid.«

»Es braucht dir nicht leid zu tun. Das, was passiert ist, war in diesem Plan so gut möglich wie alles andere.« Er langte unter den Sitz nach einer Packung Zigaretten, immer noch auf die Straße achtend. »Ich mag dich.«

»Weißt du was? Das eine Mal, als wir in Denver zusammen geschlafen haben, war für mich das erste Mal in sechs Wochen.«

»Das dachte ich mir.«

»Wie meinst du das?«

»Paß auf – bleib in deiner Spur.« Er drehte sich um und schaute schnell hinter uns. »Ich mein, es wirkte, als könntest du dich kaum erinnern, wie es geht. Es gibt mehrere wie dich. Wo sind all die aufgeweckten, munteren Mädchen, die es jederzeit mit jedem trieben?«
»Sie sind älter geworden«, sagte ich. »Ich hab es auch mit jedem getrieben, bloß wegen seiner Augen oder seiner Arme. Es ist einfach, wenn man es oft tut. Man wird stoned, und man denkt noch nicht mal darüber nach. Einfach. Wie Guten Tag sagen.«
»Bin ich wohl zu spät gekommen«, sagte er. »Es muß toll gewesen sein, dir in alten Zeiten Guten Tag zu sagen. Ich wünsche, ich hätte dich damals gekannt.«
»Ja, das glaub ich dir gerne.«
Er lächelte und zündete sich eine Zigarette an. »Aber vermißt du es nie? Waren diese Tage nicht manchmal einfach *lustig*? Denk mal drüber nach. Alle haben viel gelacht, nicht? Die gemeinsamen Witze und die alte Clique. Das ganze Gras, jeder hatte einen Spitznamen. Essen und große Gelage und Banjos und Flöten. Die Leute waren nicht dumm; sie haben sich bloß keine Sorgen gemacht. Der Krieg war vorbei, niemand wurde eingezogen. Die Mädchen hatten die Pille und einen alten Herrn, und ab und zu vögelten sie mit dem alten Herrn ihrer besten Freundin, oder sie vögelten alle zusammen, und alle waren Kumpel. Stimmt's nicht?«
»Klar. Stimmt.«
»Ha«, sagte er.

Wenn ich mich recht erinnere, fuhren wir so: Route 25 von Denver nach Albuquerque, die 10 nach El Paso, 20 nach Dallas, 35 nach San Antonio, zurück auf der 10 nach Houston, Beaumont, New Orleans, die 65 nach Montgomery, 85 nach Atlanta und Charlotte, 21 nach Wytheville, Virginia, 77 nach Charleston und West Virginia; wir waren auf der Durchreise, entkamen der Schwerkraft in einem blechernen japanischen Pickup, einem importierten Wohnquartier. Liebe in einer Weltraumkapsel, wie Thurman es nannte, Haß in Houdinis Koffer. Aber es gab die Windschutzscheibe und den Dauerfilm hinter Glas. Es war gut, in den Film hineinzufahren, gut, wie das Wetter sich änderte, wie Nacht und Tag miteinander feilschten. Gut, für ein oder zwei Tage in einem Park oder Motel zu campieren, eine Lokalzeitung zu kaufen, zu einem Trödelmarkt zu gehen. Es war gut, an den Imbißbuden und Schnellgaststätten und den Tagescafes zu halten oder sogar an einem der »Howard Johnsons« entlang der Autobahn: eine Stunde, ein paar Stunden, dann brachen wir wieder auf, so wie wir hineingekommen waren, als hätten wir Helium in den Schuhen. Alle anderen lebten, wo sie standen. Sie mußten irgendwo leben, und sie waren in Tucumcari oder Biloxi oder Homer, Georgia, gelandet. Sie alle – Kellnerinnen und Barkeeper, Angestellte in Motelrezeptionen, die man von irgendeiner Straße aus sehen konnte, und die Schilder, Ortsnamen, Straßen, Häuser – waren Punkte in einem riesigen Verbinde-die-Pünktchen-Suchbild. Der Pickup war die Wirklichkeit; er und ich und das Radio, die Hülle des Raums, dünner Teppich über einem Boden, der mit einem hohlen *Ping* vibrierte, wenn man fest aufstampfte. Da waren die Rückspiegel, die alles Zurückbleibende seitlich wegdrehten, das Licht in aufblitzenden Strahlen und Winkeln festhielten, und die Pastelltöne in losgelösten, flachen Bildern, so daß jeder gespiegelte Gegenstand – Auto, Zaun, Plakattafel – nur als Form erschien, wundersam in der Bewegung. Da war das Lenkrad, das Armaturenbrett mit seinen viereckigen Leuchtanzeigen in der Nacht, ein paar rote Nadeln, die Zahlen registrierten. Das Handschuhfach: eine Taschenlampe, die Autopapiere, eine Flasche Aspirin voller weißer Kreuzchen, Gras und ein Umschlag aus Alufolie mit kristallisiertem Methedrin im Erste-Hilfe-Kasten, zwei Karamelstangen, ein Kartenspiel. Unter dem Sitz waren ein paar Landkarten und ein paar Taschenbücher, Zeitschriften, zerknülltes Einwickelpapier von Keksen und Reformhausplätzchen und Eis am Stiel, Thurmans Mundharmonika. Das Radio heulte und knisterte und überschwemmte uns mit allem, was es in der Luft auffing. In der Wüste gab es nichts außer dröhnendem Knattern und Pfeifen; wir drehten die Lautstärke auf, bis der Pickup von dem krachenden Störgeräusch erfüllt war und fuhren schnell mit dem Gedröhn, meilenweit, heiße Luft strömte durch die geöffneten Fenster. Aber meistens lief das Radio leise. Er redete. Ich redete. Wir erzählten Geschichten. Wir stritten. Wir stritten viel, während wir uns Dallas näherten, wo wir ein paar Tage bei seinen Eltern verbringen würden.

»Wo bist du hergekommen?«
»Thurman, ich komm daher, wo ich hinfahr.«
»Ich meine zu Anfang, wie Polen oder Skandinavien.«
»Wales. Aber dort, in West Virginia, seit dem 18. Jahrhundert. Es war zugewiesenes Land. Soviel Land, daß sie es über zweihundert Jahre an zehnköpfige Familien

verteilt haben, und das letzte wurde erst verkauft, als mein Vater aufwuchs.«

»Verkauft an wen?«

»Kohlenbergbau. Bergbaugesellschaften aus Pennsylvania und New York.«

»Aha.« Er stellte sich den Rückspiegel ein. »Warum bist du denn nicht zuhause und machst gegen Tagebau mobil?«

»Mobilmachen? Klingt wie Krieg bei dir.« Ich machte das Radio an und machte es wieder aus. »Ich schätze, es ist ein Krieg – New Yorker Hippies gegen New Yorker Bergbaugesellschaften.« Ich sah von ihm weg, aus dem Fenster. »Ich hab keine Entschuldigung, ich wollte einfach raus.«

»Weißt du, daß West Virginia der einzige Staat ohne Atomreaktoren ist?« Er zog an seiner Zigarette und lächelte mich über den Sitz an.

»Sie konnten dort keinen Reaktor hinstellen«, sagte ich. »Das Land würde aufbrechen wie ein Geschwür und würde ihn verschlucken.« Ich fing seinen Blick auf und lächelte zurück. »Beeindruckend. Du hast deine Öko-Literatur gelesen.«

»Ich bin ein guter Hippie-Schreiner.«

»Es gibt keine Hippies mehr. Es gibt ein Märchen über Visionäre der Arbeiterklasse.«

»Bloß ein Märchen? Keine Vision in der Arbeiterklasse?«

»Vision überall. Aber in der richtigen Arbeiterklasse ist die Vision halbblind. Es ist romantisch, sich einzubilden, daß sie wirklich wissen –«

»Du glaubst nicht, daß sie *wissen*?« Er schnippte seine Zigarette aus dem Fenster und hob die Stimme. »Sie wissen – sie *reden* bloß nicht drüber. Mein Großvater war ein irischer katholischer Klempner, der an Zirrhose gestorben ist. Er saß immer in seinem Sessel, wenn im Radio die Nachrichten liefen, und faltete seine Zeitung in Vierecke. Dann entfaltete er sie und rollte sie zu einer Röhre, einer festen Röhre mit dem Durchmesser einer Lederpeitsche. Er schlug sie im Viervierteltakt auf die Lehne des Sessels, während der Radiosprecher immer weiter redete und meine dürre Großmutter in der Küche tellerweise Kohl schabte.« Er guckte in den Spiegel und überholte einen Viehtransport. »Sie wußten viel, Schatz. Du weißt nicht, wovon du sprichst.«

»Nenn mich nicht Schatz, und ich hab nicht gesagt, daß sie nichts wahrnehmen oder nicht frustriert wären. Ich sagte, ihre Isolation war echt, keine Illusion. Sie blieben an einem Ort und versanken mit allem, was sie hatten. Aber uns – guck dir uns an. Straßen. Gefühl, sich treiben lassen, Landkarten, die in noch mehr von demselben führen. Es ist verwischt, ein Muster, ein Blick aus einem Flugzeug.«

»Du bist eine richtige Philosophin, nicht? Was willst du eigentlich? Willst du versinken, rechtschaffen und zu den Wurzeln zurückgekehrt? Ist es das?«

»Ich kann nicht.«

»Was?«

»Versinken. Ich weiß nicht wie.«

»O, Gott. Kannst du mal die Klappe halten und den Joint anzünden, ehe wir nach Dallas reinkommen?«

Ich nahm den Joint aus seiner Zigarettenschachtel und suchte nach Streichhölzern.

»Hier«, sagte er und warf sie mir zu. »Kein Wunder, daß du alleine lebst und auf dem Fußboden schläfst. Du bist pathetisch und deprimiert. Nichts ist schlimmer, als es je war.«

»Nein«, sagte ich, »nur losgelöster.«

»Losgelöstsein ist eine zeitlose Tugend. Versuch's mal mit Zen.«

»Tu ich«, sagte ich und zündete den Joint an. »Ich lebe im Zen, dem Highway-Zen, der Welle der Zukunft.«

Er lachte nicht. Wir kamen nach Dallas, und Thurman rauchte den Joint zu Ende auf einem Straßenparkplatz mit Blick auf drei »Taco Bells«, ein »McDonald's« und ein »Sleepytime Motel«. Er kniff hinter dem Rauch die Augen zusammen, als er einen Zug nahm. »Was macht dein Dad?« fragte er.

»Pensioniert.«

»Okay. Was *hat* er gemacht?«

»Straßen. Er hat Straßen gebaut.«

»Highways?«

»Nein. Zweispurige Straßen, in West Virginia. Haarnadelkurven.«

Der Joint glimmte zwischen seinen Fingern. Die Dämmerung hatte sich gesenkt, ein grauer Schatten. Die Luft war schwer und heiß, voller Abgase, ab und zu hupte jemand. Ich konnte den Ruß auf Thurmans Haut sehen und die gleiche verschwitzte Blässe auf meinem Gesicht fühlen.

»Wie ist dein Vater?« fragte ich ihn.

Er stieß den Rauch aus, die Augen in die Ferne gerichtet. »Mein Vater ist einundsiebzig. In der letzten Zeit ist er ein bißchen gaga geworden.«

Wir saßen schweigend, bis wir ausgeraucht hatten. Thurman ließ den Motor anspringen. »Du hast im Haus meiner Eltern ein eigenes Schlafzimmer«, sagte er, »und ich hoffe wahrhaftig, daß die Laken nicht zu schwer für dich sind.«

Das Haus war eine große, altmodische Salzpackung auf einem Morgen Rasen, paßte ganz und gar nicht zu den Bungalows rundherum und mußte dringend gestrichen werden. Regenrinnen hingen abgewinkelt vom Dach, das Gras war in merkwürdigen Streifen geschnitten und stellenweise so hoch wie Feldunkraut gewachsen. Ein alter Chevy-Kombi stand aufgebockt vor der Garage. Thurman und ich saßen in der Einfahrt, im Fahrerhaus des Datsun, und schauten.

»Sie sind schlimmer geworden, oder er zumindest. Ich hab Kinder angestellt, die das Gras für ihn schneiden sollen, und er läßt sie nicht aufs Grundstück.«

»Wußten sie, daß wir kommen?«

»Ja.«

Die Haustür öffnete sich, und Thurmans Mutter erschien. Sie war klein und dünn, die Arme vor der Brust verschränkt, und aus der Art, wie sie in die Ferne blinzelte, war offensichtlich, daß sie uns nicht genau sehen konnte.

»Geh du zuerst«, sagte ich.« Sie wird dich alleine sehen wollen.«

Er stieg aus und näherte sich ihr beinahe vorsichtig, hob sie dann in einer Umarmung vom Boden hoch. Sie schien nicht groß genug, um je seine Mutter gewesen zu sein, aber einige Minuten später, als sie mir forschend ins Gesicht sah, war ihr Händedruck überraschend fest.

Die Innenräume rochen nach verwelkten Blütenblättern und trotz der Klimaanlage nach stickiger Luft.

Nur die kleinsten Zimmer unten sahen bewohnt aus: die Küche, eine Frühstücksnische, ein kleines Zimmer mit einem Fernsehapparat und einer ausziehbaren Couch, die als Bett zurecht gemacht war. Das große Wohnzimmer war leer bis auf einen Schaukelstuhl mitten auf dem kahlen Fußboden. Man hatte das Zimmer vollkommen ausgeräumt und Löcher im Putz ausgebessert; drei große Portraits in gleichgroßen Rahmen waren mit Malerdecken verhängt und gegen die Wand gelehnt. Über ihnen waren die verblichenen Vierecke, wo sie gehangen hatten.

»Oh«, sagte ich, »Sie streichen gerade.«

»Naja.« Sie sah sich im Zimmer um. »Wir wollten vor drei Jahren streichen, aber wir haben's nie getan.« Sie lächelte.

Der Flur oben war staubig. Putz war in Brocken von den Wänden gefallen und ließ die hölzernen Wandplatten sehen. Zeitungsfetzen und Farbsplitter übersäten den Boden; das große Schlafzimmer war sauber, aber unbenutzt, und die anderen Schlafzimmer sahen verlassen aus: Möbel in die Mitte des Zimmers geschoben, Betten mit einem feinen Staub überzogen.

»Du nimmst dieses Zimmer«, sagte Thurman, »ich schlaf im Zimmer gegenüber.« Er hob einen Besen auf und begann die Matratze abzukehren. »Ich hol dir ein paar Laken.«

Ich sagte nichts.

Er stellte den Besen ab. »Also, ich hab das Wohnzimmer zum Streichen fertig gemacht – vor zwei Jahren, nicht drei. Ich hatte Maler bestellt, um das Zimmer und die Fassade anzustreichen; mein Vater rief sie an und sagte, sie brauchten nicht zu kommen.« Thurman trat ans Fenster, sah durch streifiges Glas zum Rasen hinunter. »Aber das Gras ... Immerhin, er wußte seit sechs Wochen, daß ich komme. Vielleicht hat er das ganze Szenarium geplant. Er läßt nicht zu, daß ich ihm einen Rasenmäher mit Motor kaufe oder irgendwelche Arbeiten für ihn verrichte. Darüber streiten wir jedesmal, wenn ich nach Hause komme. Dieses Mal streite ich mich nicht.«

»Warum ist er sauer auf dich?«

»Weil ich vor fünfzehn Jahren ausgerückt bin. Fünfzehn Jahre ist eine lange Zeit zum Sauersein.« Thurman schaute hoch zu mir. »Und sei nicht überrascht, wenn er nicht mit dir spricht. Er hört in Wirklichkeit gar nicht so schlecht, aber er tut so, als wär er taub. Er wird die ganze Zeit, die wir hier sind, geschäftig tun.«

Wir saßen auf Gartenstühlen am Rand der Betonveranda.

»Mein Vater war berühmt. Er war als der beste High School-Footballtrainer in der Geschichte des Staates Texas bekannt. Universitäten boten ihm Stellen an, aber er wollte nicht, daß seine Familie umzog, er wollte dieses Haus nicht verlassen.« Thurman schüttelte das Eis in seinem leeren Glas und sah geradeaus auf die alte Holzgarage. Sein Vater stand mit dem mechanischen Mäher in der offenen Tür, blickte mißbilligend auf die sich drehenden Schneiden, während er das klapprige Ding in das Gras an der Seite des Hauses schob. »Seit ich ein Kind war, wußte ich, daß er berühmt war. Und meine Brüder waren berühmt, sechs und acht Jahre älter als ich, beide ausgewählt, Football an der Southern Methodist University zu spielen, nachdem sie in seinen

Mannschaften geglänzt hatten. Und später war ich berühmt, aber nicht so berühmt wie sie. Ich spielte in der letzten Mannschaft meines Vaters, und wir schafften es zu den Endspielen; er war sechzig Jahre alt.«

Der Mäher gab sein hohes schneidendes Surren von sich, während der alte Mann ihn vor und zurück schob. Der schlanke Holzgriff war so grau und verwittert wie ein Scheunenbrett.

»Seine Kinder werden's nicht schaffen, ihn von hier weg zu bringen, und keiner in dieser noblen Nachbarschaft sollte wagen, es zu versuchen«, sagte Thurman. »Er war zuerst hier. Und es gibt immer noch Leute in der Gegend, die sich an meinen Vater erinnern. Wenn er sein Haus zusammenfallen lassen will oder es anzünden oder in die Luft jagen, hat er wohl das Recht dazu.«

Ich beobachtete Thurmans Vater. Er hatte meine Anwesenheit kaum zur Kenntnis genommen, obwohl er mit Thurman den Rasenmäher besprochen hatte, während sie beide niederknieten, um die Schneiden mit einem Lumpen sauber zu wischen. Der alte Mann war hager und gebeugt, aber er sah nicht gebrechlich aus.

Thurman nahm die Halbliterflasche, die zwischen unseren Stühlen stand, und färbte das Eis in seinem Glas mit Bourbon.

»Hast du gewonnen?« fragte ich ihn.

»Was?«

»Die Meisterschaften, die letzten.«

»Mit Ach und Krach. Wir lagen zurück und versuchten noch mal einen Lauf nach vorn als allerletzte Chance, obwohl die Zeit fast abgelaufen war. Ich spielte am Ende und deckte unseren Quarterback, einen schnellen kleinen Mexikaner namens Martinez. Ich war der letzte bei ihm, dachte, es sei gelaufen, und hielt zwei ihrer Verteidiger fest, als Martinez über den ganzen Haufen sprang. Ich wollte mich bewußtlos schlagen, war ein zu großer Feigling, um bei Bewußtsein zu bleiben, wenn wir verloren. Zehn Minuten später kam ich mit einer Gehirnerschütterung zu mir, und wir hatten gewonnen.«

»Stand dein Vater über dich gebeugt?«

»Nein, er war oben und nahm den Pokal entgegen. Dann kam er und balancierte ihn mir auf der Brust, als sie mich auf die Bahre hoben – ein monströses goldenes Ding mit drei Sockeln, die sich vervielfachten und wie unendlich aussahen. Ich sah es nicht allzu deutlich. Es war 1964; die Dinge stellten sich gerade scharf ein.« Er sah zu mir herüber. »Du warst damals ungefähr zwölf Jahre alt.«

Ich erwiderte seinen Blick. »Du bist nicht zur Southern Methodist University gegangen.«

»Ich war doch nicht lebensmüde. Football hat mich beinahe umgebracht. Ich konnte zwei Wochen lang nichts Gedrucktes lesen.« Er ließ sich tiefer in den Gartenstuhl sinken, strich mit dem Fuß über das üppige Gras. Seine Beine waren lang und muskulös und blond. »Wenn ich einen Zentimeter mehr nach rechts aufgeschlagen wär, hätt ich mir ’nen Sarg kaufen können. Aber selbst ohne die Gehirnerschütterung hatte ich es satt. Ich ging nach Colorado und lief Ski und karrte Dope von Mexiko hoch und ging zur Uni, machte die Reise mit dem Peace Corps. Hab meinen Vater jahrelang nicht gesehen.«

»Wieso hat der Krieg dich nicht erwischt? Die Gehirnerschütterung?«

»Nein. Die Knie. Hat aber meinen Bruder erwischt, den mittleren. Ihn umgebracht. Er mußte noch nicht mal gehen. Er war beinahe achtundzwanzig Jahre alt und hat sich freiwillig gemeldet, wie ein Idiot. Mein Vater hielt es für richtig. Sie schifften ihn rüber und haben ihn in neun Wochen erledigt. 1968. Sah meinen Vater bei der Beerdigung. Sagte immer wieder zu mir: ›Barnes nahm Drogen, nicht? Die nehmen da drüben alle Drogen. Sonst wär er nicht tot, er war ein Sportler. Hat jeden Tag trainiert. Die Drogen haben ihn getötet.‹ Ich sagte: ›Dad, der Krieg hat ihn getötet. Der Krieg kümmert sich 'nen Dreck um Sportler.‹ Danach machte ich zwei Touren mit dem Peace Corps. Ich wollte um jeden Preis aus dem Land raus.«

»Thurman ... Thurman?« Die Stimme seiner Mutter wurde über den Rasen getragen. Ich drehte mich um und sah sie am Küchenfenster. »Abendessen«, rief sie, »kommt jetzt rein ...« Jeder Satzteil wurde von Stille unterbrochen.

Thurman rührte sich nicht.

»Kommst du oft hierher zurück?« fragte ich. »Wie oft besuchst du sie?«

»Einmal im Jahr, vielleicht zweimal. Er wird langsam alt. Da bleibt nicht mehr viel Zeit, um es zu begreifen, alles.«

Ich konnte nicht schlafen. Ich schlich die Treppe hinunter, um ein Glas Wasser zu holen. Verwirrt bog ich um die falsche Ecke in das dämmrige Wohnzimmer und fand mich den verhängten Portraits gegenüber. Ich kniete mich neben das letzte. Wenn ich jetzt guckte, würde es keiner wissen; vorsichtig, lautlos zog ich das

Tuch weg. Erst ein Schimmer von Glas, dann, im Mondlicht, die Züge eines Gesichts. Ich dachte, es sei Barnes, der tote Bruder, ernst und jung in seinem schwarzen Anzug, bereits gezeichnet – aber nein, die Augen – es war Thurman. Ich starrte, verblüfft.

»High School-Abgang«, sagte er hinter mir. »Wir waren alle achtzehn.« Der Schaukelstuhl knarrte. »Wieso bist du auf?«

»Ich konnte nicht schlafen.«

»Niemand schläft viel in diesem Haus.«

»Wer ist sonst noch wach?«

»Meine Mutter. Ich hab sie in der Küche gehört. Als ich nach unten kam, ging sie wieder ins Bett. So machen wir es hier.« Er nickte zu der geschlossenen Tür des kleinen Fernsehzimmers. »Sie scheint sich ein paar Gläser genehmigt zu haben.«

»Ist das üblich?«

»Wer soll das wissen? Ihr Trinken wird schlimmer, wie alles.« Er zog an seiner Zigarette, und das Glimmen der Asche erleuchtete sein Gesicht einen Augenblick lang. »Sie vergißt, wenn sie trinkt. Bequem.«

»Ich bezweifle, daß das bloß Bequemlichkeit ist.«

»Was sollte es sonst sein?«

Ich zuckte die Schultern. »Schmerz?«

Thurman seufzte. »Du weißt nie, wann du den Mund halten sollst. Meinst du, ich will um drei Uhr morgens hier in diesem Haus sitzen und über Schmerz reden?«

»Nein.« Ich konnte ihn in der Dunkelheit sehr deutlich sehen. Ich ging näher heran und berührte seine Stirn. »Rede du, Thurman, und laß mich wissen, wann ich sprechen soll. Ich sag alles, was du willst.«

Er stand auf und legte mir die Arme um die Schultern und hielt mich. Wir drehten uns um, um nach oben zu gehen, als Thurman innehielt. Wir hörten Wortfetzen, ein Murmeln. Er trat näher an das Fernsehzimmer und blieb lauschend stehen, stieß dann die Tür sanft auf. Seine Mutter stand im Bademantel in unserer Nähe, ein leeres Glas in der Hand. Sie schien uns nicht zu bemerken und sah langsam auf. Der dämmrige kleine Raum quoll von Möbeln über und roch schwach nach Bourbon. Thurmans schlafender Vater lag im Schatten.
»Mom, du solltest im Bett sein. Du könntest fallen.« Er ging zu ihr hinüber und nahm das Glas. »Ich bring das für dich in die Küche.«
Sie trat Thurman in den Weg und packte ihn am Handgelenk. »Hör mal«, sagte sie langsam, in vertraulichem Ton, »Barnes beantwortet nie einen Brief, ruft nie an. Wo ist er?«
Thurman führte sie zum Bett. »Komm mir nicht damit.«
»Das macht sie doch nicht«, flüsterte ich, »sie ist wirklich –«
Jetzt saß sie auf der Bettkante. Thurman legte ihr die Hände auf die Schultern und schüttelte sie einmal sanft. Sie sah ihm in die Augen. »Wer ist das Mädchen?« sagte sie.
»Eine Freundin von mir, Mom, du hast sie heute kennengelernt. Hier, leg dich hin, ehe du Dad aufweckst.«
Sie sagte nichts und umklammerte Thurmans Hand; unwillkürlich neigte er sich zu ihr. Ihre Augen weiteten sich, ihr Gesicht geriet in den Lichtschein der einzigen Lampe. Einen Augenblick lang konnte ich sehen, wie er

ihr glich, wie sie mit fünfundzwanzig ausgesehen haben mußte: die klare, rötliche Hautfarbe, die Form und blaue Direktheit der Augen, das dicke kastanienfarbene Haar, vielleicht in einem Zopf bis zur Taille getragen. So nahe, berührten ihre Gesichter sich beinahe. Ihr Profil war eine gebrochene weibliche Version des seinen. Ich drehte mich weg.

»Mom, leg dich hin.«

»Verlaß uns bloß nicht wieder.«

»Schlaf, ruh dich aus.«

»Ich schlafe nicht. Verlaß uns bloß nicht.«

»Thurman«, sagte ich. Ich hörte ihn sich aufrichten. Ihr Körper bewegte sich im Bett, dann stand er neben mir im Flur, zog die Tür zu. Er stand ruhig atmend, lauschend da. Kein Ton. Die gesprenkelten Wände des Wohnzimmers wurden heller, als unsere Augen die Dunkelheit wieder aufnahmen. Farben von Schwärzlich-Braun und Grau, rissig. In einer Ecke hatten Flekken fehlenden Putzes, wo die Bauplatten durchguckten, die Form ausgefranster Sterne. Ich streckte die Hand nach ihm aus.

»Ich sollte nicht herkommen«, sagte er.

»Ist schon gut.«

Er stand da und guckte auf die geschlossene Tür. »Wer rettet wen?« sagte er.

Ich zog seinen Kopf herunter, dicht an mich, berührte ihn, sein Gesicht. »Laß uns draußen schlafen.«

Ich holte ein paar Decken, und wir breiteten sie im Garten aus. Die Akazienbüsche bildeten einen dichten Wall, knollig und schattig, der nach süßem Staub roch.

Dann kamen wir nach New Orleans. Zogen in ein Motel. Gingen in diese Bar, wo jeder tanzte.
Was passierte, war unheimlich und dumm und durcheinanderwirbelnd und ekelhaft und auf betrunkene Art vorhersagbar und von Anfang an in den Karten. Danach war alles anders, und Thurman machte sich keine Hoffnung mehr, mich zu retten. Er mußte sich über alles klar geworden sein, nachdem er die Bar allein verlassen und die ganze Nacht in diesem Motel auf mich gewartet hatte, mit den blaugrünen Vorhängen, die sich hinter dem blauen Flimmer des Fernsehers über den Lüftungsschächten bewegten. Ich erinnere mich beinahe an alle Motelzimmer und an dieses besonders, an den großen eingebauten Fernseher und diese billigen Vorhänge, blau wie entzündetes Gas. In sieben Stunden konnte Thurman drei Filme und zwölf Werbeeinheiten gesehen haben. Er ließ mich um zwei Uhr morgens in der Bar zurück und ich bog mit einem Taxi um neun auf den Motelparkplatz ein. Er zog gerade die Seile über der Plane fest, und die Tür zum Zimmer stand offen. Ich stieg in den Pickup, nachdem ich einen einzigen Blick mit ihm gewechselt hatte, und bis Georgia, wo wir in den See gingen, sprachen wir nicht miteinander.
Dann fuhren wir weiter.

»Fahr nicht in der Überholspur, wenn du nicht gerade überholst.« Thurman, seine Stimme rauh wie Kies vor Schlaflosigkeit.
»Warum nicht? Ich überhol sowieso alle, dann kann ich auch gleich auf der Überholspur bleiben. Ich bin gern auf der Überholspur.«

»Ach, so ist das. Naja. Einer, der noch schneller ist als du, wird von hinten herandonnern und dir den Arsch abfahren. Wie wird dir das gefallen?« Er stellte das Radio ab. »Verdammt nochmal, kannst du mir eine Minute zuhören?«
Ich sah ihn kurz an und fuhr weiter.
»Fahr den Wagen ran«, sagte er.
»Willst du mich verprügeln, Thurman?«
»Fahr an den Rand, auf der Stelle.«
Ich fuhr auf die Bankette und legte den Leergang ein. Ein Viehtransport fuhr mit achtzig Meilen an uns vorbei, das Fahrerhaus schaukelte. Es gab ein Geblök und einen Geruch, und er war weg. Thurman saß mit dem Rücken zur Beifahrertür. »Nimm die Hände vom Steuer«, sagte er.
»Thurman, was soll das?«
»Ich sag dir, was das soll. Du steckst tief drin, und da wird dir keine Überholspur helfen.«
»Ich will keine Hilfe. Ich fahr einfach immer weiter, bis ich einen Weg finde, runterzukommen.«
»Schön für dich, Schätzchen.«
»Fick dich ins Knie.«
»He, keine Sorge. Von mir kriegst du keine Hilfe. Das letzte Mal, als ich von der Überholspur runter bin, hab ich mir ein Versprechen gegeben – keine Samariterscheiße mehr.«
»Du bist ganz mitfühlendes Herz.«
»Du machst dir besser mal Gedanken über dein eigenes. Du bist diejenige mit dem rasenden Puls und der Nervosität, die auf dem Fußboden schläft und sich in einer Disco von drei Clowns mitnehmen läßt.«
»Okay, Thurman.«

»Nicht okay. Ich bin da selbst schon gewesen, ich weiß, was du machst. Du verbringst die Hälfte der Zeit in wilder Hitze, und die andere Hälfte, wenn dir klar wird, wie schnell du bist, hältst du dich fest. Du tauchst noch nicht mal zum Luftholen auf. Dein Inneres ist blau, weil du erstickst. Deine Eingeweide zittern, weil du dir selber Angst einjagst. Du kommst dicht genug ran, um zu sehen, der Tod schert sich 'nen Dreck um dich.«
Ich stellte den Motor ab, und der Pickup war still. Highway-Geräusche sausten vorbei, laute Schwingungen, die sich anhörten wie Musik. Ich weiß nicht, wie lange wir dort saßen, vielleicht nur ein paar Minuten.
»Der Tod soll sich auch nicht drum scheren«, sagte ich, »oder? Der Tod ist eine Null. Blau, wie Eis blau ist. Vollkommen. Barnes ist vollkommen. Dein Vater wird vollkommen sein, mein Vater. Wir alle, kalt und vollkommen.« Thurman rückte über den Sitz nah an mich heran. Wir schwitzten beide. Er zog sein feuchtes T-Shirt vom Körper und betupfte mit dem Stoff mein Gesicht. Ich flüsterte, als hörte uns jemand zu: »Die Hitze macht mir nichts. Ich glaub, ich will die Hitze.«
»Ich weiß, ich weiß. Und wir haben Hitze. Wir haben jede Menge Hitze für dich hier in den USA.«
Die Baumwolle seines T-Shirts war weich und abgetragen. »Laß uns weiterfahren«, sagte ich. »Wer fährt?«
»Was soll's. Du kannst fahren.«
»Soll ich in der langsamen Spur bleiben?«
»Ist mir egal. Fahr auf dem Seitenstreifen, fahr auf dem Mittelstreifen, fahr verkehrt herum.«
Ich fuhr ein bißchen ruckend auf den Highway, aber ohne daß das Getriebe krachte. Als Thurman das Radio wieder einschaltete, kam eine Gospelsendung. Ein

Chor sang laut und kräftig über ein Land hoch in der Sonne; das Gruppenvibrato ließ das Armaturenbrett erzittern.

»Du bist mir eine«, kam Thurmans Stimme. »Du hast deine verdammten Hände nie vom Steuer genommen.«

»Hab ich wohl nicht.«

»Gott. Ich weiß nicht, warum ich mir um dich Sorgen machen soll. Du kommst hier wahrscheinlich mit 'nem Hauptgewinn, einer Reise nach Mexiko raus.«

»Na klar. Eine Reise zum Gringo Hotel in Juárez, wo sie Hunde essen und ansteckende Krankheiten austeilen.«

Er zündete sich eine Zigarette an und starrte aus dem Fenster.

Beinahe zuhause fuhren wir im Regen durch die Berge von Virginia. Ich erlebte Augenblicke totaler Panik, in denen ich zu fallen schien, mit ausgebreiteten Armen und Beinen, weit weg von mir, und mein ganzer Körper wurde kleiner und kleiner. Ich konnte das Drehen, das Gefühl des Fallens spüren. Ich umklammerte den Türgriff und konzentrierte mich auf den Scheibenwischer, der sich vor mir bewegte, studierte seine Metallrippe und sein Gummiblatt. Ich versetzte mich in das Geräusch, das Wischen von Bewegung und Wasser, dumpfes Klatschen, wenn das Blatt auf der einen oder anderen Seite seiner Halbdrehung landete. Regenkanäle und die Spuren ihres Laufs nahmen mich gefangen; durch die Scheibe konnte ich Regen riechen, sauberes Wasser und gewaschene Blätter. Ich saß ganz ruhig, und das Drehen meines Körpers verlangsamte sich;

meine Sinne öffneten sich allmählich in einem klaren Brennpunkt. Dann konnte ich den Sitz unter meinen Hüften wieder spüren und meine Füße auf dem Boden des Pickup, das Schnurren, das Vibrieren des Motors. Die Kapsel des Fahrerhauses nahm um mich Gestalt an: feuchtes Leder, ein schwacher Geruch von Körpern. Neben mir summte Thurman ohne Melodie vor sich hin, starrte geradeaus in die verregneten Berge und die sich windende Straße.

In der letzten Nacht schliefen wir in einem Nationalpark. Schon beinahe Dämmerung, und der Boden war feucht; ich scharrte Blätter zu einem breiten Haufen zusammen, um uns ein weicheres Bett zu machen, die Kälte abzuhalten. Die Berge und die Luft rochen nach Herbst, Erde, fetter Laubdecke.

»Setz dich her und wärm dich auf.« Thurman legte mehr Holz aufs Feuer. »Genieß den weiten, offenen Raum. Morgen kommst du gesund, wenn auch nicht munter nach Hause. Erinnerst du dich an ›sicher‹? Du wirst dich wirklich schnell wieder dran gewöhnen.« Er blies ins Feuer, lehnte sich dann zurück und sah mich durch eine flimmernde Hitzesäule an. »Hast du Angst?«

Ich berührte die Steinumrandung, die wir um das Lagerfeuer gebaut hatten. Die Steine waren rauh und wärmten. »Das Zittern kommt, genau in diesem Augenblick«, sagte ich zu ihm. »Ich kann es spüren.«

»Nein«, sagte er, »bei dir ist alles in Ordnung. Ich sitz hier und schau dich an.«

»Man kann es nicht immer sehen. Manchmal ist es nur in meinem Bauch.«

Er nahm eine meiner Hände und drückte sie, knetete dann die Handfläche und bearbeitete jeden Finger. Er zog fest an jedem Gelenk und redete, als achte keiner von uns darauf, wie fest er zog. »Dir geht's gut«, sagte er. »Wir legen uns jetzt in die Blätter und holen ein paar Mal tief Luft, dann ist der ganze Spuk vorbei.«

Ich schloß die Augen, und ich konnte den Schatten über die Blätter kriechen spüren. Blätter fielen langsam, mit langen Pausen dazwischen, fielen mit einem papierernen Ton. »Ich glaub, es ist besser, wenn ich hier sitze und weine«, sagte ich.

»Kannst du nicht. Du bist nicht der Typ.«

»Ich versuch es mal. Erzähl mir eine schlimme Geschichte.«

»Ich kenn keine schlimmen Geschichten.« Er hob mich auf den Armen hoch und kniete nieder, um mich auf den Boden zu legen. Die Blätter waren unter uns dick geschichtet, alte Blätter, die nach trockenem Schlamm rochen. »Nur eine Geschichte«, sagte Thurman. »Wir sind drei Wochen in dem Pickup gewesen. Noch ein paar Stunden, und du bist zuhause.« Ich erinnerte mich an ein Lied, das immer auf Kurzwelle gespielt wurde, als ich schlaksig und zwölf war, das größte Mädchen in der Klasse. *Be my little baby. Won't you be my darling, be my baby now* ... Ich lachte. Genau das war ich, ein Baby, ein erfrorenes sechs Jahre altes Baby, das zum Anfang der Kälte zurückkehrte.

»Komische Geschichte, was?« Er küßte meine Augen. »Werd nicht hysterisch. Ich zwing dich nicht. Männlicher Stolz, der Ehrenkodex –«

»Du könntest niemanden vergewaltigen. Du könntest vielleicht wütend genug werden, um anzufangen, aber

im entscheidenden Augenblick würde deine Ausrüstung dich im Stich lassen.«
»Du hast recht. Ich wurde mit einem freundlichen Schwanz geboren.« Ich fühlte seine Beine dicht an mir, seinen harten Bauch, die Schnalle seines Gürtels. Er öffnete sie, damit mir das Metall nicht wehtat und berührte mich unten an den Hüften.
»Es turnt dich an, wenn du väterliche Gefühle hast«, sagte ich. »Du wirst die Hölle für deine Tochter.«
»Du bist die Hölle für mich«, sagte er. »Du wirst eines Tages die gute Geliebte von jemandem sein, während ich in einer Kneipe allein mein Bier trinke und den Flipper höre.«
Ich öffnete sein Hemd und die Hose und rutschte an ihm hinunter. Der Geruch des Sees, wie Georgia, Geschmack wie von einer Verletzung. Er war in meinem Mund, seine Hände in meinem Haar, dann machte er eine Bewegung, damit ich aufhörte, und drehte mein Gesicht hoch. Er beugte sich über mich, hielt mich in den Armen, die Augen zornig und überrascht und naß.
»Nein«, sagte er.
»Thurman.« Ich weinte. »Ich möchte, daß du mich morgen einfach absetzt. Mich und die Koffer und die Bücherkiste. Ich möchte nicht sehen, wie du meine Mutter kennenlernst, nichts in der Richtung. Okay? Bitte.«

Die Kälte zog durch die Erde hoch. Er spürte mich im Dunkeln zittern und zog mich auf sich. Ich lag dort, und er hielt mich mit einem Arm. Seine Brust war breiter als meine Schultern und roch schwach nach dem kalten Geruch der Blätter. Er war wach, rauchte eine

Zigarette und starrte in die Bäume. Er stieß den Rauch langsam aus.

»Es ist alles eine Frage des Zeitpunkts«, sagte er. »Diese ganze Situation. Der Zeitpunkt und das Zittern.«

»Du bist besser dran ohne mich. Du willst doch keine Überholspuren.«

Er legte seine warme, schwere Hand auf meinen Hinterkopf. »Ich sag dir was über Überholspuren. Mach nicht die Augen zu. Paß jede Minute auf. Paß im Schlaf auf. Wenn du achtgibst, kannst du es schaffen: Das schnelle Schalten, die eine richtige Bewegung. Früher oder später siehst du deine Chance.«

Sonnenbarsch

Hallo, mein kleiner Sonnenbarsch, kleines Haifischgesicht. Sauger mit Reißzähnen, Hermaphrodit. Rose, Blüte im Nebel des Körpers; sieh, die Möwen über uns im gewölbten Flug, sie singen ihre heiseren Schreie. Sie bringen dir Zuckerwerk, winzige Mäuse, Spinnen mit zusammengedrückten Beinen. In ihren alten Klauen, Äonenklauen, Reptilienschlaf, wiegen sie glänzende Steine und Glasscherben. Boot in meinem Blut, ich träume dich pelzig und scharfzahnig, im Schneedunst auf einer Tundra weit weg vom Meer dahinspringend. Ich glaube, du bist männlich; werde ich dich zu Ehemann, Onkel, Bruder machen? Dich füttern in dunklen Kinos einer Stadt, die wir nie gefunden haben? Dieses Dorf grenzt an Wellen, Dächer schief, Zimmer frei. Ich gehe von hier mit zwei Koffern, einer Spieldose, aber was ist mit dir, kleiner Stiefel, kleiner Kopf mit zwei Augen? Ich spreche mit dir, Knochen meines Kommens, Knochen einer ernsten Empfängnis. Ich spüre dich jetzt, dampfend in der Höhle des Leibes.

Die Feuer sind klein hier. Ich schütte im Eisenofen die Flammen zu und wache auf, umringt von Feuchtigkeit; wie weiße Luft in die rissigen Häuser eindringt, durch die gerüttelten Türen und Simse. Wir sind angekommen und in ein Haus eingezogen, das ächzt, seine schimmligen Wände verschiebt. Die Regenzeit ist gekommen, wälzte die Gärten der Fischerhütten über unbefestigte Straßen in die wogende Brandung. Krebsscheren bleichen in hochaufgeschossenem Gras; Hunde zerbeißen die weggeworfenen Panzer und schleppen sie durch den Regen. Sie verblassen von Orange über Pfirsich zum Perlweiß der Entleibten. Gerüche kauern und zerren, bewegen sich in nasser Luft.

Jede Nacht werden dem Räucherhaus nebenan Körbe mit lebenden Krebsen geliefert. Sie klappern und kriechen, eine polternde Masse, deren stumme Antennen einen Faden des Verlustes spannen. Der Ozean ist ein Schaum aus weißem Fleisch, Kreise in einem Muskelhirn. Ich esse diese Geschöpfe; ihr Fleisch ist süß und flockig. Sie sind ohne Stimme, flüssig in ihrer wässrigen Dämmerung, eine Meile vor den Felsklippen in Netzen gefangen. Du bist ihnen verwandt, in deinem eigenen dunklen Sack schwimmend.

Riementang schwimmt in einem Dschungel am Pier, armlos, beinlos, wehendes langes Meereshaar, untergetauchte Flechten wie Wurzeln. Diese Pflanzen sind Zwiebeln und eine Zitze, gerundete Rüssel, die röhrenförmigen Schwänze sich verflechtend. Kleine Jungen finden sie an den Strand gespült, naß, wie aus Gummi, Geruch von Salz. Sie halten die kugelrunden Köpfe zwischen den Beinen und reiten sie wie Steckenpferde. Sie galoppieren davon, schleppen lange, spitz zulaufende Schwänze über den Sand. Sie rennen in Gruppen von drei oder vier am Wasser entlang, junge Kentauren ohne sechsschüssige Revolver, deren Spuren Visionen von mythischen Reptilien heraufbeschwören. Sie laufen die ganze Strecke bis zur Landspitze, bekommen Langeweile, kämpfen, zerstreuen sich; schließlich kommt einer alleine zurück, gedankenverloren, niedergeschlagen, schleppt den hängenden Schwanz in einer Hand, während die schaumige Brandung ihn zum Meer zerrt. Ich beobachte ihn; ich tue so, als sähest auch du ihn, sähest es alles mit deinem Röntgenblick, deinen weichen Augen, deren Honigwabenfacetten die Seelen

aller enttäuschter Jungen ermessen. Wir beobachten die alten, die jungen, die Boote, die ihre durcheinandergewürfelten Ladungen von Fallen und Netzen und Haken schaukeln.
Ich sitze am Ecktisch des einzigen Restaurants, ein Schnellimbiß am Wasser, wo um sechs Uhr morgens Fischer Kaffee trinken. Ich komme später, wenn das Lokal beinahe leer ist, wenn die Sonne gegen Mittag fällt und der Kaffee zu einem bitteren Sirup gealtert ist. Die Kellnerin ist die Frau des Postmeisters; sie weiß, daß ich jeden Monat einen Umschlag bekomme, daß ich einen Scheck bei »MacKinsie's Market« eintausche, daß ich ein Postfach für jeweils sechs Monate miete. Sie entdeckt meine Hände, ohne Ring, die Hagerkeit in meinem Gesicht, die Kalziumtabletten, die ich in einem grünen Medizinfläschchen aus der Handtasche ziehe. Sie erkennt meinen Widerwillen gegen Eier; sie kennt die Verschwommenheit in meinen Pupillen, Verschwommenheit und Flackern, Flimmern, als würde ich von einer kleinen inneren Flamme aufgesogen. Du atmest, mit einer Schnur verwachsen. Durchsichtiger Astronaut, deine Augen bewegen Tage wie eine Kalenderuhr. Der Nebel umgibt uns, treibt zwischen schroffen Hügeln wie ein Boot ohne Gewicht, Walform, die aufbricht und sich ausbreitet. Felseninseln steigen aus dem olivfarbenen Meer; sie haben im Wind Samen gefangen und thronen teilnahmslos, Totems, stachlig mit Kiefern. Bald werden sie aufbersten und sprechen, einen lange Zeit eingesperrten Rattenfänger und eine Truppe Kinder offenbaren, deren Körper harmonisch und vollkommen, deren Gedanken rein geworden sind. Die Kinder übersetzen jeden Lichtstrahl, der die Ge-

sichter ihrer Steinkapseln trifft; sie spüren jede Nuance der Sonne und hören den Nebel als anhaltenden Seufzer, herangetriebener Atem des einen Riesen, an den sie ihre Gebete richten. Sie sind nicht gewachsen und nie krank gewesen; sie schlafen abwechselnd. Der Rattenfänger hat seit ihrer Ankunft keinen Ton mehr von sich gegeben. Seine ruhende Form ist von innen erleuchtet und leicht pelzig geworden. Er ist ein Vater, geeignet für animalistische Engel, deren schwierige mathematische Spiele sich mit den Jahrhunderten weiterentwikkeln, deren Hände vom ständigen Umgang mit Quarzkieseln und klaren Achaten durchsichtig geworden sind. Sie haben kein Interesse an Gesprächen oder Reisen; sie haben sich über die Bewohner von Ländern hinausentwickelt und kommunizieren nur mit den Ungeborenen. Sie weisen die Musik zurück, die sie lockte, und schaffen sie nun in sich selbst, eine stumme Version, ausgedrückt in Zahlen, Winkeln, komplizierten Schlenkern. Sie sind beweglich wie Eidechsen und opak wie jene kleinen, blinden Fische, die man in den stillen Gewässern von Höhlen findet. Unsterblich, werden sie ihre eigenen Kinder. Ihre Erinnerungen an eine lang vergangene Reise sind in den Genen gespeichert: wie der Himmel sich verfinsterte, wie die Melodie der Flöte sich verwandelte, als sie ins Meer gingen und untertauchten. Die Mädchen und kleineren Jungen erinnern sich, wie ihre Kleider sich bauschten, herumwirbelten wie Anemonen. Die Musik erreichte eine neue Dimension, gab ihnen innerlich ein Gefühl wie kühle Finger, feierlich wie ein Cembalo, aber heiter, ausgelassen; sie waren tagelang davon ergriffen ...

Hier im Schnellimbiß ist eine Jukebox, die sich laut aufdrehen läßt. Jugendliche von der Highschool schieben an Freitagabenden die Tische zurück und tanzen. Sie sind sechzehn, zähe kleine Mädchen, die Make-up verschmähen und türkische Zigaretten rauchen, oder Jungen, die letztes Jahr abgegangen sind und das Dorf nicht verlassen können. Sie ziehen schon die Netze auf den Booten ihrer Väter ein, lernen eine Sprache, in der man flucht und sich auf den Rücken klopft, Bier, seltsam anschwellende Morgendämmerungen, während die anderen Boote außer Sicht treiben. Sie wollen mit zwanzig heiraten, Geld sparen, Schutz vor dem Wetter erwerben. Aber die Mädchen sind wie Fohlen, ungebärdig und schlank; sie haben Illustrierte gelesen, sind zu Rockkonzerten gegangen, haben mit Drogen und miteinander experimentiert. Sie schwänzen die Schule und fahren den ganzen Tag in VWs herum, hören im Regen Kurzwellensender, während der Scheibenwischer hin- und herklatscht, träumen von Schulabgang und San Franzisko, L. A., Mexiko. Sie gehen mitten im Winter barfuß und essen selten; ihre Gesichter sind blaß und benetzt von der feuchten Luft, dem anhaltenden Regen. Sie tauchen mürrisch zu den Tanzabenden auf und werden im Laufe des Abends jünger, trinken in den Wagen der Jungen aus Thermosflaschen Cocktails, die sie im Laden fertig gekauft haben. Jetzt sind sie bereit, eng zu tanzen und machen ihre Mütter nach. Musik pocht im Boden wie ein Herz; Filmmusik-Gewißheit und die einfache Poesie von Halt-mich-fest. Ich bleibe auf meinen nächtlichen Spaziergängen stehen und beobachte ihre Silhouetten an den Fenstern; in der Nähe die Pfähle der Anlegestellen, moosig und vom Meer geschlagen, Klatschen des Wassers vertraut und alt. Jungen sitzen da und erzählen sich hoffnungsvolle Geschichten, rauchen Gras. Manchmal pfeifen sie. Sie können meine Figur in dem weiten Mantel nicht erkennen. Einmal folgte mir einer von ihnen nach Hause und wartete hinter der Betonveranda und dem Holzstapel; ich sah sein Gesicht hinter den elliptischen Lichtkegeln. Ich stellte ihn mir in meinem Bett vor, mit glatter Haut und körperlich glücklich, ohne Wissen, aber versessen. Er würde dich durch meine Haut ansprechen, nichts als Fragezeichen. Angewiesen, sich langsam von hinten zu bewegen, würde er vorsichtig sein, es aber zum Schluß vergessen und fest stoßen. Es besteht keine Gefahr; du schwimmst, im Inneren, geschützt; aber dieses rhythmische Entgleiten meiner Liebe zu dir wäre erschrekkend; wir waren solange allein. Deshalb bin ich dir treu; ich mache das Licht aus, und er geht weg. In gewisser Weise stehe ich in deinem Dienst; ich nähre meinen Körper, um dich zu nähren, und kaufe mein Essen mit Geld, das mir deinetwegen geschickt wird. Ich bin beinahe verheiratet mit dir; und erst hier, in einem verregneten Fischerdorf im Nordwesten, kommt das Geld wie ausgehandelt, gemäß einer Verabredung, die in deinem Interesse getroffen wurde. Ich bin dir gefolgt, obwohl du nicht sprechen kannst, nur dich zusammenrollen, ausdehnen. Blaupause, Knochen und Zehennagel, Saphir. Du mußt alles von Anfang an begreifen, nie die Unwissenheit von Jungen mit verkümmerten Schwänzen und eingebildeten Gewehren erleiden. Ich schicke dir all diese Geheimnisse mit meinem Blut; sie durchspülen dich wie eine Blutwäsche. Du bist das Tier und der Heilige, schneeblind, in Blindheit begonnen ... du mußt dich von mir losreißen wie ein Wiesel oder Fuchs, vaterlos, dunkel wie die Seehunde, die wie heimgesuchte Männer von den Felsen bellen, weit weg, ihre Rufe in der Ferne, in der Dämmerung verstärkt.

Gespenst, mein Solitär, ich werde sagen, dein Vater war ein Pferd, ein Percheron, dessen gekräuselte Mähne über meine Schultern fiel, dessen straffes Fell schimmerte, der zitterte und kleine geflügelte Insekten in die Luft aufsteigen ließ. Ein Geschöpf mit großen Augen, samtig. Langer Gesichtsknochen breit wie ein Unterarm, Rücken breit wie Schlaf. Massig. Seitlich blickend, eine periphere Sicht, unschuldig, instinktiv.
Aber nein, es gab viele Väter. Da war ein Pickup, ein Rattern von Schrauben und Muttern, Gaukelei mit Notfällen. Wildlederne Schreinerschürze mit Motoröl befleckt, Kleider aufbewahrt in gestapelten Kisten. Es gab Hände, die nie ganz sauber waren, und später gepflegte Hände. Ein langer Wagen mit automatischen Fenstern, die *surrten*, wenn sie sich leise auf und ab bewegten, undurchdringlich wie jene durchsichtigen Gehäuse, die das Ich von einem geträumten Verlangen trennen (träumst du? von langen Falten, Kanälen, bildlose Träume der Fische, lange Drehungen, widerhallende Töne und schützende Wasser). Dazwischen waren Gesichter in vielen Autos, Landkarten und Schnürstiefel, handgeschriebene Schilder, an den Autobahnausfahrten hochgehalten, Drohungen von ehemaligen Betrügern, schmeichelnde Handelsvertreter, Polizisten auf Patrouille. Es gab Theken und Tische, Achtstundenschichten, fettbefleckte Speisekarten, dreimal übermalte Preise, klagende und lachende Stammkunden, billige Nylons, Schuhe mit Profilsoh-

len, Milchkännchen, die früh gefüllt wurden, wenn ein Lastwagen mit glasiertem Spritzgebäck eintraf, das nach Friteuse und Hitze roch. Männer fluchten in breiten Dialekten, lebten im Motorengebrumm der großen Spülmaschinen, überquellende Abfalleimer, Ouzo am Ende des Tages. Dann gab es Männer im Flur gegenüber, über Treppengeländern, Männer mit Büros, verheiratete Männer und ihre Sekretärinnen, leere kleine Vase auf einem Schreibtisch. Männer in Aufzügen, in weißen Hemden, die von einem besonderen Chinesen auf der Bleeker Street gebügelt wurden. Gesundheitsbewußte Wochenend-Jogger, Filmkritiker, siebenundzwanzigster Stock, Luft aus der Klimaanlage, Coiffeur-Haarschnitte, ausgedehnte Mittagessen, Tischdecken und Wein. Aussicht vom Dachgarten, Düsenflugzeuge, die anschwellende weiße Striche in den Himmel schnitten. Und tief unten, unter Dachgärten und sauberen verzauberten Reimen mäanderten die dunklen Gassen; die gleichen Gassen, die einen Wirrwarr kleiner Städte durchziehen. Die Umwege über Seitenstraßen und erträumten Ankünfte, Kies in Augenhöhe, rußige Parfums, blasse Grassamen zwischen den Steinen. Bronzegefärbtes Licht in Schattierungen der Jahreszeiten: stählern und blau, Rauchgeschmack von Winter; das rosige Dunkel, immer, wenn es taut; dann Koralle, das in Grün fällt, Sommermischung aus Fäulnis und Blumen; Herbst, ein verbranntes Rot, Orange zu Rost und Schorf nachgedunkelt. Alles Männer und Gesichter, Fortschreiten, Hände kommen dazu und du, in mir gewachsen wie eine Mahnung.

Er saß mir an einem Tisch im Café gegenüber, zeigte mir die Stadt auf einer Landkarte. Kein besonderer

Grund – er sagte, er sei einmal hier gewesen; ein ruhiger Ort, hübsch, er würde genügen. Eines sollte die Geographie erfüllen, das war alles, worum er bei unserer Vereinbarung bat, die »Unterbrechung«. Er erwähnte seine Verpflichtung und ihre Grenzen; er erwähnte unsere getrennten Wege. Ich frage hier nicht, ob sie ihn kennen. Ich spekuliere nicht. Ich habe ihn in Reinheit verlassen, als wärst du nach einer jahrelangen Reise zu mir gekommen, als wärst du wie ein Samen geflogen, hättest sie alle gesehen und mich ihnen abgerungen. Ich habe all diese Monate mit dir gelebt, bin wie eine Kuh geworden und voll von dir, und doch gebe ich dir keinen Namen, außer durch Berührung, Zusammenrollen, Geste. Wache und schlafe, schlanke Elritze, lichter Frosch. Es gibt Hinweise und Rätsel, Seiten im Buch des Körpers, Steine, immer wieder umgedreht. Jede Musik bleibt, vergeßlich, taucht in den Gängen anonymer Geschäfte wieder auf.

Musik, Addition und Subtraktion, Pawlowsche Erinnerung an entstehende Szenen, nur geträumt. Abends höre ich Radio und lese Märchen; jene ersten Lügen, jene Versprechen. Worauf es hinzielt, ist klar: Krumen im Wald, Wölfe in roten Käppchen, der Prinz der Versuchung, als verzauberter Frosch glaubwürdiger. Er ist redegewandt und geduldig; im tiefen Brunnen die Musik jener Jahre, das Tropfen von Feuchtigkeit, das Wischen des launischen Regens, und schließlich das Gesicht der Errettung, späht wie ein Mond über den steinernen Rand. Omen sprangen zur Blüte auf; jedes Leben bewegte sich hin zu einem einzigen Augenblick: der häßliche Idiot, ge-

schrumpft und weise, in einer Hand zart wie Kamelien gewiegt.
Zellknoten, wo ist deine Stimme? Hier gibt es keine Handbücher. Hier gibt es die glatte Kante des Eichentischs, die hellen Maserungen des Holzes. Hier gibt es eine Lampe mit schmutzigem Schirm und den geduckten Ofen, der massig und schwarz eine feurige Wärme umfaßt. Die ganze Nacht sitze ich da, spüre die Glut von einer Couch aus, die nahe an die Hitze herangezogen ist. Ich schüre die Asche, füttere, füttere, verzehre das Feuer mit meiner Haut. Das Nebelhorn heult durch die verschleierte Bucht: *bahwaah, bahwaah*, Weinen eines schwachsinnigen Schafs, stetig, gemessen wie Liebe. In der Morgendämmerung stehe ich am Fenster, und die Fischerboote schaukeln wie Spielzeuge auf dem Wasser, ihre Zahnstocher-Masten schwanken. Vollendetes Trugbild, sie glitzern und verblassen. Am Morgen gibt es zwei Stunden Sonne, während die Jahreszeit wechselt, eine Münze, die silbrig und dünn geworden ist. Die knorrigen Pflanzen sind wild in ihren Töpfen, spillerig und verkrümmt. Mücken schlafen auf den Blättern, steigen von einem perligen Schleim auf der Fensterscheibe zum Flug auf. Ihr Flügelschlag ist gebrochen und träumerisch, sie kreisen langsam in der kalten Luft des Hauses, so langsam, daß ich in die Hände klatsche und ihnen ein Ende mache. Stakkato, Blitz: jener schnelle Akkord des Es-war-einmal.

Weit weg war ich ein Kind, entschlossen, klein, dieselben Augen in meinem Kopf, der jede Nacht zurücksank. Immer wartete ich auf dich, Plünderer, Abkassierer, unsichtbare Erbse im Leib. In Ecken verborgene

Steine, Papierfisch mit geheimen Bedeutungen, Wäscheklammerpuppe nannte ich dich. Allein in meinem hohen Bett, das Dunkel, das Dunkel; ich schüttelte den Kopf schneller, schneller, langes Seil von Haar flog über meine Schultern wie eine Gerte, ein parfümierter Schwanz. Unter dem Bett, hinter dem gekräuselten Volant hielt ich eine Menagerie von Schätzen und Staub: abgelegter metallener Schmuck, Rheinkiesel aus ihren Fassungen gebrochen, ein altes Gabardine-Jackett aus einem Karton im Keller, Lippenstifte, Puderdosen mit staubigen Spiegeln, Pantoffel mit Pompons, eine mit winzigen Golfschlägern bedruckte blaue Seidenkrawatte. Nachts kroch ich in meine Laken gewickelt darunter, atmete den vergrabenen Geruch, ließ mit den Knien die Bettlatten klappern. Ich hielt die Luft an, bis der ganze Boden sich bewegte, Plethora roter Pfeile; sah dich in Masken von Blitzen und der gefesselten Atmosphäre.

Jetzt wirft ein Sturm das Haus in seinen Klauen hin und her. Wieder sind Männer verloren und wird ein Schiffsrumpf auf die Felsen gespült. Den ganzen Tag fliegen und streifen Suchhelikopter umher. Kommen tief herunter, zerhacken die Luft nach Überlebenden und fliehen bei Dämmerung. Die Bucht liegt gischtig und aufgewühlt, wogt wie Wasser, das in einer Schüssel schwappt. Bei Einbruch der Nacht klopft der Wind wie Dorngestrüpp an die Fensterscheiben. Wir gehen hinaus, hinunter zu den Felsen und zum Strand. Der vergessene Schiffsrumpf liegt auseinanderbrechend und zersplittert, nur ein Stück Holz. Die Bucht bewegt sich neben ihm wie ein Schläfer unter Laken, murmelt, ruft nach mehr Regen. Tier in mir, Fisch beim Schwimmen. Ich sage dir, *alles ertrinkt*. Ich sage, *glaub mir, wenn du mein bist*, aber du stößt wie eine Faust mit Gliedern. Ich fühle deine Augen suchen, dein Blick im Dunkel gefangen wie ein Lichtstrahl. Dann durchdringt deine Vision meine Haut: schließlich sehe auch ich sie, die verlorenen Fischer, ihre Gesichter von wirbelndem Haar eingerahmt wie Frauenköpfe. Sie sind blaß und blau, leuchten, atmen mit einem Pulsschlag in der Kehle. Sie stehen auf, zerrissene Hemden fließen an ihren Leibern, sie glänzen wie Perlmutt. Sie stehen auf, kommen näher, mit runden Mündern, antworten, antworten den Sphären deines Redens. Ich bin nur Zeugin einer Sprache. Die Luft ist dein; sie ist Wasser, das einen wie Abschied umschließt.

Etwas, das geschehen ist

Ich bin im Keller und sortiere Wäsche, Weißes zu Weißem, Buntes zu Buntem, Feinwäsche zu Feinwäsche – es ist eine eingeteilte Welt –, als meine Jüngste die Treppe hinunter brüllt. Sie brüllt immer, wenn ich im Keller bin, wütend, als sei ich untergetaucht, und obwohl sie einundzwanzig Jahre alt ist, kann sie's nicht fassen.

»Weißt du, was heute für ein Tag ist? Ich mein, *weißt* du, was heute für ein Tag ist, Kay?« Das ist das Neuste, mich beim Vornamen zu nennen. Sie steht da, mit wirren Augen und mustert ihre Mutter.

Ich sage: »Nein, Angela, und was bin ich jetzt?« Nun legt meine Tochter den zweiten ein, kneift jene babyblauen Augen zusammen, die ich einst mit solchem Staunen betrachtete und betete: *Gott, Gott, laß es das letzte sein*.

»Na ja, mach dir nichts draus«, sagt sie. »Ich hab dir Frühstück gemacht.« Hat sie tatsächlich, Eier und Toast und Saft und Blumen auf der Veranda. Dann setzt sie sich und sieht mir zu, wie ich esse, während sie ihr feines goldenes Haar zwirbelt.

Als ich die Eier zur Hälfte gegessen habe, dämmert es mir, mein Ex-Hochzeitstag. Angela, unter dem Lidstrich und den Blue Jeans bist du eine von Gespenstern verfolgte, uralte Erscheinung. Während die meisten Kinder sich einen Hochzeitstag nicht merken können, kann Angela keinen vergessen. Seit fünf Jahren schubst sie mich jedes Jahr an den Rand der Erinnerung.

»Das Problem mit dir ist«, sagt sie schließlich, »daß dir nicht genügend an dir selbst liegt, um dich an das zu erinnern, was in deinem Leben wichtig war.«

»Angela«, sage ich, »zunächst einmal bin ich seit fünf Jahren nicht mehr verheiratet, deshalb habe ich auch keinen Hochzeitstag mehr, an den ich mich erinnern muß.«
»Das spielt keine Rolle.« (Sie zwirbelt ihr Haar, ohne verdrossen dreinzusehen.) »Es ist trotzdem etwas, das geschehen ist.«

Vor zwei Jahren wurde mir wegen eines Geschwürs ein Teil des Magens entfernt, und ich sagte zu den Kindern: »Paßt auf, ich kann euch eure Sorgen nicht mehr abnehmen. Wenn ihr in Schwierigkeiten kommt, ruft nicht nach mir. Wenn ihr jemanden braucht, der sich um euch kümmert, macht das untereinander aus.« Also schickten die drei älteren Mädchen Angela aufs College, und ihr Bruder fuhr sie hin. Seitdem habe ich meine Pflichten allmählich wieder aufgenommen. Außer daß ich auf unauffällige Weise bei den Hochzeiten meiner Töchter fehlte. Ich sage unauffällig, weil sie Gottseidank alle Hippies waren, die irgendwo auf Wiesen geheiratet haben, ohne Unterstützung von Tanten und Onkeln. Oder Müttern. Aber Angela liest *Glamour*, und sie wird mich zu ihrer Hochzeit einladen. Obwohl der Traummann noch nicht in irgendeiner endgültigen Gestalt aufgetaucht ist, steuert sie schon darauf zu. Bitten. Beschwerden. Vielleicht gegen Ende ein paar Tränen. Aber ich werde fest bleiben. Ich hasse Opferdarbringungen meines eigenen Fleisches. »Ich kann es nicht ändern«, werde ich witzeln. »Ich habe einen schwachen Magen, er ist nur noch zur Hälfte da.«

Angela seufzt, vielleicht sieht sie alles voraus. Das Telephon klingelt. Und langsam, langsam geht sie hin. Als sie abhebt, den Hörer gegen ihren braunen Hals gedrückt hält, ist ihre Stimme normal. Hell und rasch spricht sie – als klimperten Münzen. Ich blicke durch das Fliegengitter der Veranda auf die Hintergasse und die sauberen Mülltonnen. Mir scheint, daß ich mich, ehe die Kinder geboren wurden, an alles erinnerte. Ich sage Kinder, als seien sie alle gemeinsam in einem riesigen Ei, meinem Bauch, erschienen. Dabei lagen in Wirklichkeit zwei Jahre, dann ein Jahr, dann zwei, dann drei zwischen ihnen. Die Jahre des Gebärens, so als stehe man da wie ein aufgeblühter Birnbaum, von dem das Obst plumpst. Aufgegessen oder bis auf die Kerne verfault, damit alles wieder von vorne beginnen kann.

Angela hat mir zuviel zu Essen gemacht. Das tut sie oft. Ich kann keine großen Mengen verdauen, deshalb esse ich sechsmal am Tag kleine Mahlzeiten. Der Hund schleift seine Bassetohren zu meinen Füßen, wartet. Und ich gebe ihm den Teller, dränge ihn, damit er schnell und leise frißt, ehe Angela zurückkommt.
Liebe Kinder, immer habe ich meinen Magen mit meiner Gebärmutter verwechselt. Durch beinahe vier schwangere Jahre in träge Verwirrung gebracht, hörte ich sie sagen: »Oh, du ißt für zwei«, als seien die beiden Organe durch eine kleine Röhre direkt verbunden. Im Krankenhaus war ich davon überzeugt, daß man mir mit dem halben Magen auch die Gebärmutter entfernt hatte. Die Ärzte, am Ende ihrer Geduld, stempelten meine Entschlossenheit als eine Angstreaktion ab. Und

ich reagierte ängstlich, verlangte eine Röntgenaufnahme, damit ich sehen konnte, daß meine Gebärmutter noch da war.
Angela kommt zurück, sieht auf den Teller, den ich vergessen habe aufzuheben, sieht auf den Hund, legt mir die Hand auf die Schulter.
»Tut mir leid«, sagt sie.
»So ist das«, sage ich.
Angela dreht ihre langen Finger, ihre zarten, dünnen Finger mit den glatten Knöcheln, dreht den Diamantring, den ihr Vater ihr geschenkt hat, als sie sechzehn wurde.

»Richard«, hatte ich zu meinem Mann gesagt, »sie ist deine Tochter, nicht deine Verlobte.«
»Kay«, stimmte der Gatte an, der Versicherungsagent, der erfolgreiche Schadensachverständige, »sie wird nur einmal sechzehn. Dieser Ring ist ein Geschenk, unsere Liebe zu Angela. Sie ist schön, sie blüht auf.«
»Richard«, sagte ich, während ich die Flaschen mit meinen Magentabletten hin- und herschob und mein fades Mittagessen plante, »Diamanten sind nicht für Blüten. Sie sind für die, die ein Stück Sicherheit brauchen.« Worauf Richard herzlich lachte, wie immer amüsiert über meinen Zynismus bezüglich des Geschäfts, das im Prinzip mein Brot butterte. Sein Brot butterte, denn zu der Zeit konnte ich keine Butter mehr essen.
»Wem oder was kannst du nicht ins Gesicht sehen?« fragte Richard. »Was in deinem Leben kannst du nicht in den Griff bekommen; du ißt dich doch selbst bei lebendigem Leibe auf. Du zersetzt deinen eigenen Magen.«

»Richard«, sagte ich, »das ist eine langweilige alte Geschichte. Ich hab da diesen Mann, der seine Tochter heiraten will.«
»Ich möchte, daß du einen Psychiater besuchst«, sagte Richard und zog seine fachmännisch geknotete Krawatte enger. »Das ist es, was du brauchst, Kay, du brauchst eine Gelegenheit, alles mit jemandem durchzusprechen, der objektiv ist.«
»Ich bin nicht interessiert an Objekten«, sagte ich. »Ich bin an Krabben in Buttersoße, Tabasco, Chilis interessiert, und daß der Schmerz ein Ende nimmt.«
»Der Schmerz endet nie«, sagte Richard.
»O, Richard«, sagte ich, »kein Wunder, daß du der König des Bezirks Südost bist.«
»Guck mal«, sagte er. »Ich versuch, vier Kinder durchs College und eine Ehefrau durch die Promotion zu schleusen. Ich hab fünf Einlagekonten gegründet, damit unsere Kinder, wenn sie heiraten, nicht wie du fünfundzwanzig Jahre warten müssen, um eine Dissertation tion über George Eliot zu beenden. Wirklich, bin ich so ein schlechter Kerl? Ich erinner mich nicht, daß ich dich zu irgend etwas gezwungen hätte. Und dein verdammter Magen muß aufhören, sich selbst zu verdauen. Ich möchte, daß du einen Psychiater besuchst.«
»Richard«, sagte ich, »wenn unsere Töchter innerhalb von acht Jahren fünf Kinder bekommen – was die meisten von ihnen nicht tun werden, weil sie Mitglieder der »Vereinigung gegen Bevölkerungswachstum« sind, die bei jedem Thanksgiving *Ernährung für einen kleinen Planeten* zitieren –, sind sie vielleicht trotz deiner Einlagekonten langsam mit ihren Doktorarbeiten.«
Richard knotete seine Krawatte auf und wieder zu.

»Hör mal«, sagte er, »viele Frauen mit fünf Kindern haben Doktortitel.«
»Wirklich!« sagte ich. »Die Statistiken möchte ich mal sehen.«
»Ich nehm an, du ärgerst dich über die Geburten deiner Kinder«, sagte er, seinen Kragen gerade rückend. »Na ja, denk bloß dran, das letzte war deine Fehlkalkulation.«
»Und das erste deine«, sagte ich.

Es ist wahr. Wir wurden schwanger, wie Richard sich liebevoll ausdrückte, in einem geborgten Etagenbett auf Fire Island. Es war das achte Mal, daß wir zusammen schliefen. Richard keuchte, daß er natürlich aufpassen würde, habe er mich je im Stich gelassen? Aber ich hatte meinen ersten Orgasmus, und keiner erinnerte sich an irgend etwas.
Nach der vierten Schwangerschaft und dem ersten Sohn war Richard zufrieden. Angela, du wurdest in einem schlechten Jahr geboren. Du warst teuer, dein Vater fing nach fünf Jahren als Rektor einer High School gerade in der Versicherungsbranche an. Er wollte sein Leben auf einem absolut sicheren Felsen gründen. Ich hatte einen Fels im Bauch, den wir dreimal für tot hielten. Also schwor er dir seine Liebe, mit jenem Ring nahm er dich schuldig zum Weibe. Sweet Sixteen, erinnert sie sich? Sie vergißt nie.
Eine Woche lang klebte Angela Zuckerwürfel an rosa Satinbänder, Geschenke für die Sweet-Sixteen-Party, über die sie in *Seventeen* gelesen hatte, während die älteren Mädchen ihre traurigen Häupter schüttelten. Zurück aus den Colleges in Ann Arbor, Boston, Berkeley,

starrten sie entsetzt auf ihre goldhaarige kleine Schwester, ihre modischen Kleider, die Marienkäfer-Anstecknadeln an den Blusen. Angela besaß keine Blue Jeans; ihr Freund öffnete ihr die Autotür und trug ihr die Bücher nach Hause. Es war noch nicht ernst, er war ein Halbstürmer. Ältere Schwester Nummer 3: »Hast du keine Arme?« Ältere Schwester Nummer 2: »Er wird's noch an dir auslassen, wart mal ab.« Ältere Schwester Nummer 1: »Die Kernfamilie lebt von den Eingeweiden der Frauen. Deine Mutter hat Magengeschwüre, Angela. Sie kann nicht mit deinem Daddy die dicken Soßen essen.«
Woraufhin Richard der ältesten Schwester, seiner Fehlkalkulation, eine Ohrfeige gab. Sie flog zurück nach Berkeley, nachdem sie in meinen Armen geweint und mich angefleht hatte, mit ihr zu kommen. Sie verpaßte die Sweet-Sixteen-Party. Sie verpaßte Thanksgiving und Weihnachten für die nächsten zwei Jahre.
Angelas Kiefer wurden starr. Ich sah, daß sie Politik, Feminismus und jedermanns Fehlkalkulationen ablehnte. Ich hängte für ihre Party Zuckerwürfel an die Decke, bis das Zimmer aussah wie das Bild in der Zeitschrift. Ich bügelte sechzehn rosafarbene Satinbänder, die sie sich ins Haar knüpfte. Ich applaudierte mit allen anderen, einschließlich des lächelnden Halbstürmers, als ihr Vater ihr den Diamanten an den Finger steckte. Dann reichte ich die Scheidung ein.
An dem Tag, an dem Richard auszog, wechselte mein Sohn sein Hauptfach, um an der New York University Medizin zu studieren. Er sagte, es sei der einzige Ausweg, um nicht Versicherungen verkaufen zu müssen. Das letzte Geräusch unserer Ehe war Richard, der sich

nervös ins Küchenbecken übergab. Angela gab ihm einen kalten Waschlappen und führte mich zum Essen bei »Senor Miguel's« aus, während er seine Kartons aufstapelte und wegbrachte. Ich aß Chili-Rellenos, Guacamole-Chips mit saurer Sahne, Käse-Enchiladas, geröstete Tortillas und drei Burritos mit grünem Chili. Dann aß ich zwei Wochen lang Beruhigungspillen und Bouillon.

Angela bekam Angst.

»Mutter«, sagte sie, »ich wünsche, du könntest glücklich sein.«

»Angela«, antwortete ich, »ich bin froh, daß du deinen Vater geheiratet hast, ich konnte einfach nicht mehr.«

Angela beendete in dem Jahr die High School und jeweils zwölf Exemplare von *Ingenue*, *Cosmopolitan*, *Mademoiselle*. Sie las auch die Bibel nachts allein in ihrem Zimmer.

»Weil ich so nervös bin«, sagte sie, »und es hilft mir einzuschlafen. All die Bäume und Früchte, die Feigen, und das zeugte und zeugte und zeugte geht runter wie Multiplikationstafeln.«

»Angela«, sagte ich, »denkst du daran, mit jemandem zu schlafen?«

»Nein, Mutter«, sagte sie, »ich glaub, ich warte noch. Ich glaub, ich warte noch lange.«

Angela hörte auf, Fleisch zu essen, und schaute mit ihren getuschten Augen scheel die glitzernde Leber an, die ich auf ihren Teller rutschen ließ.

»Sie ist so braun«, sagte sie. »Es sind bloß Eingeweide von irgendwas.«

»Du hast sie immer so gern gegessen«, sagte ich, und sie versuchte zu essen, schielte auf meinen Bauch, schielte auf meine Milch und meinen Hüttenkäse.
Als ihr Vater den Mittleren Westen übernahm und eine Witwe heiratete, lehnte Angela es ab, mit ihm zu gehen. Als ich ins Krankenhaus ging, um mir den Magen auf die Hälfte verkleinern zu lassen, lehnte Angela es ab, mich zu besuchen, und machte eine Fastenkur. Sie wurde bleich und romantisch, sagte, sie wünsche, ich lehrte an ihrem statt am City-College, und daß sie in *Mademoiselle* von Sylvia Plath gelesen habe. Wir unterhielten uns am Telefon, während ich beobachtete, wie der Krankenhauspark in meinem quadratischen Fenster dunkel wurde. Es war Sommer, und die Bäume waren so üppig und schwer.
Ich dachte über Angela nach, ich dachte über meine Fehlkalkulationen nach. Ich dachte über Milchprodukte nach und weiße, schleimige Häute. Über Richards Gesicht in der Nacht unseres ersten Babys, dünn in seinem hochgeschlagenen Mantel. Über seine Mutter, die bei jeder Geburt Rosen schickte, »American Beauties«. Und Babies, die ins Waschbecken rutschten, winzige, strampelnde Arme, die blauen Adern in ihren durchsichtigen Köpfen. Und Orangen, deren dicke Schalen ich zehn Jahre lang mit einem Fingernagel aufriß, damit die Kinder sie schälen konnten. Nach einer Weile wollte ich nicht mehr zusehen, wie die Schale der weißen, schartigen Haut darunter wich.

Angela kommt in den Sommern nach Hause, mitten in ihrem Studium, Betriebswirtschaft, Pädagogik oder

Hauswirtschaft. Sie möchte nicht in den Rocky Mountains klettern oder nach Indien fahren. Sie möchte Ehefrauen Häuser zeigen, Immobilien, und mich mit Kartoffelpüree, Kirschkuchen, Avocados und Artischocken füttern. Heute macht sie nicht nur zu meinem Ex-Hochzeitstag das Frühstück, sie macht auch Mittagessen und Abendessen. Sie möchte meinen Teller vollhäufen und mich alles essen sehen. Wenn ich esse, wird sicher etwas Gutes passieren. Sie wird sich nicht erinnern, was in meinem Leben wichtig genug gewesen ist, um mich alles vergessen zu lassen. Sie löffelt panierte Muscheln, Pommes frites, Anchovissalat mit Nüssen auf meinen Teller.

»Angela, das ist zuviel.«

»Das macht nichts, was du nicht willst, heben wir auf.«

»Angela, für wen aufheben?«

Sie legt ihre Gabel hin. »Für irgend jemand«, sagt sie. »Wann immer sie es wollen.«

Gleich schiebt sie meinen Teller auf ihren leeren und beginnt zu essen.

Blue Moon

Mein Bruder war ein Turner, der Beste im Tri-County Bezirk; er weigerte sich, an irgendeinem Gerät außer dem Trampolin zu turnen. Das Trampolin war 1968 eine Neuanschaffung für die Bellington High School, und Billy wollte Dinge tun, die niemand in Bellington jemanden hatte tun sehen.
Ich wußte nicht, daß ich ihn leidenschaftlich liebte, damals nicht, noch nicht; tagelang verschwendete ich keinen bewußten Gedanken an ihn. Schließlich war ich die ältere Schwester; ich war im letzten Schuljahr, ich würde mit Auszeichnung von der Schule abgehen (das, was in Bellington als Auszeichnung galt), ich war recht hübsch. Ich schaffte es auf oberflächliche Art. Ich hielt das Gefüge intakt, indem ich mich an die Oberflächen hielt und die Tatsache zu verbergen suchte, daß ich nirgendwo hingehörte. Beunruhigt sah ich zu, wie Billy in der Turnhalle übte, sich drehte und wandte, als würde er von einem flüssigen Element hochgehalten.
In den Wochen vor dem Schauturnen wurde Billy zusätzliche Übungszeit während der morgendlichen Klassenversammlung zugestanden. In der überfüllten High School hatte ich morgens Klassenversammlung in der Turnhalle. Dreißig von uns saßen in einem abgetrennten Abschnitt der Zuschauerplätze und warteten auf das Schrillen der Glocke zur ersten Stunde. Die Anwesenheitsliste wurde verlesen, Mitteilungen wurden gemacht. Mädchen schwätzten. Vor uns lag der Basketballplatz, weit und gelb; dahinter warf mein Bruder sich immer wieder in die Luft, wärmte sich auf. Er beachtete die Zuschauer nicht, und die meisten blickten nur ein- oder zweimal zu ihm hin und schrieben weiter Hausaufgaben ab. Ich hielt meine Hände offen im

Schoß und starrte auf die Handflächen, die Linien, die Wirbel und Sterne und Kreuze. Wenn ich Billy anschaute, würde ich nicht wieder wegsehen können.

Ich vermute, Billy fing mit Turnen an, weil unsere Mutter, deren High School-Freund nach einem Footballspiel an einem Herzanfall gestorben war, ihn nicht den einzigen Mannschaftssport spielen lassen wollte, den er ruhmreich und interessant fand. Er war nicht groß, aber sein Körper war gedrungen und sehr muskulös, er hätte Football spielen können. Er mochte die Bekleidung, die Jungen zu Riesen machte, das grüne Feld, das im Dunkeln nach und nach von Flutlicht erleuchtet wurde, die Form des Balls, die mathematische Präzision der Spielvorgänge, die sich wie belebte Puzzles aufeinander zu und voneinander weg bewegten. Für Jean spielte es keine Rolle, daß Billy unendlich gesund war und kein Problem mit dem Herzen hatte. Das Gespenst Tom Harwins, Präsident der Abschlußklasse von '43, Arztsohn, Held in allen Disziplinen, der auf dem Weg zum Medizinstudium war, wurde bei den drei oder vier Gelegenheiten wieder ins Leben gerufen, bei denen das Thema Football erneut auf den Tisch kam; Billy wurde mit dem Verständnis erzogen, daß dieser Sport tabu sei. Unser Vater, Mitch, fünfzehn Jahre älter als Jean, hatte Tom Harwin nicht gekannt, aber er ließ ihr dieses unangefochtene Gebot, als weigere er sich, ihren langvergangenen Verlust zu bewerten, indem er darüber stritt. Mitch hatte Football gern, aber Bellingtons Leidenschaft war nicht die seine; er war während der Depression mündig geworden und kein Mannschaftsspieler. Er arbeitete allein, ein Vertreter auf Kommissionsbasis, und er ließ Jeans Entscheidung gelten. Billy wurde das langsame heiße Uhrwerk des Baseballspiels erlaubt, oder das dribbelnde und quietschende Basketballspiel in der Halle, aber er entschloß sich für keines.

Mein Bruder erzählte mir, er habe Mitch ungefähr einmal im Jahr gebeten, Jean zu überstimmen; schließlich war Mitch sein Vater und Football eine Frage männlicher Ehre und Geschicklichkeit. Warum sollten Jeans unvernünftige Ängste ihren Sohn abhalten von einem Wurf nach den Sternen, die sie selbst geschätzt hatte?

Ich erinnere mich an eine Diskussion. Billy muß ungefähr dreizehn gewesen sein. Wir saßen in einem der großen weißen Pontiacs, die mein Vater die Jahre hindurch fuhr. Seine Autos waren nie luxuriös; sie waren schmucklos, amerikanisch, massiv. Es muß Sommer gewesen sein; ich erinnere mich an das Summen der Klimaanlage, das Seufzen der Lüftungsklappen, wenn Mitch sich nach vorne beugte, um die Temperatur einzustellen. Die Außenwelt, in Hitzewellen flimmernd, schien ein Film, den wir in einer Kapsel durchquerten, und das Innere des Wagens war eine Art unversehrter Raum. Als ich die beiden auf dem Vordersitz beobachtete, Billys Profil eine glattere, klassische Version des Profils meines Vaters, fühlte ich etwas von einem, wie ich jetzt weiß, Déjà-vu-Erlebnis – daß ich sie unter genau diesen Umständen schon einmal beobachtet hatte.

Es war beunruhigend – selbst damals wollte ich nicht diejenige sein, die sich an alles erinnern würde. Ich wollte körperlich den Feldern mit Futtermais entfliehen, die sich von den Rändern der zweispurigen Straße ausbreiteten, wollte dem Tal und den abgenützten Hügeln entfliehen. In meiner Erinnerung bleibt die Stadt meistens feucht, grün, erstickt vom sommerlichen Duft blühenden Unkrauts. Ich hatte Angst, ich würde meinen Vater und Billy für immer miteinander sprechen sehen, während die dichten weißen Unkräuter sich in Straßengräben ineinander verschlangen. Mein Vater würde immer seinen Sommerhut und sein weißes kurzärmeliges Hemd tragen, Billy sein ernstes, junges Gesicht.

»Dad, ich möchte spielen. Wenn ich nicht im ersten Jahr der High School anfang, hab ich später keine Chance mehr.«

Mitch sah geradeaus auf die Straße und nahm sich mit der Antwort Zeit. »Warum bist du so versessen auf Football?«

»Dad«, sagte er drängend, »ich will spielen.«

»Das hab ich verstanden.« Er wartete.

»Alle meine Freunde spielen.«

»Nicht alle. Einige tun's, und einige werden sich dabei verletzen, nicht so verletzen, daß sie nicht damit leben können. Ich hab mich beim Football ganz schön ins Zeug gelegt, bin reichlich herumgeschubst worden, und ich kann nicht sagen, ich wüßte warum.« Er rutschte auf seinem Sitz herum, lehnte sich dann wieder zurück, berührte die Lederverkleidung des Lenkrads mit einem Finger. »Wenn sie den Mund gehalten hätte, hättest du dir vielleicht nie in den Kopf gesetzt, daß du es willst. Schau mal, du solltest wissen, daß du mit deiner Mutter über nichts reden kannst. Etwas ist so, wie sie es sieht, und damit hat es sich. Sie hat ein bestimmtes Bild im Kopf, und sie kann einfach nicht drum herumgucken.«

»Warum nicht?« Billy hob vor Enttäuschung die Stimme.
»Sie will nicht.«
Billy seufzte zornig. »Wer war dieser Tom?«
Mitch schüttelte den Kopf. Es war still im Auto, und dann sagte er: »Bloß ein Junge. Ein Junge, der jung gestorben ist.«
Aber ich wollte es wissen. »Dad, weißt du sonst nichts über ihn?«
Er sah in den Rückspiegel. »Danner, Schatz, sonst ist nichts von Bedeutung. Es ist fünfundzwanzig Jahre her.«
Billy und ich sagten nichts, unfähig, ein Vierteljahrhundert Tod zu begreifen.
»Denk dir etwas anderes aus, was du tun willst«, sagte Mitch. »Etwas, woran sie nicht gedacht hat, und tu das. Sie wird dich nicht abhalten können.«
»Warum nicht?« fragte Billy.
»Das kann sie einfach nicht. Sie würde es nicht versuchen.«
»Woher soll ich das wissen?«
»Weil ich es dir sage.«
»Du meinst, du wirst es nicht zulassen, daß sie mich abhält?«
Mitch hob die Stimme. »Darum geht es nicht, Billy. Das ist eine Sache zwischen dir und ihr.«
»Aber du würdest sie nicht lassen?«
Mitch lächelte, es war eine halbe Grimasse, und drehte den Kopf, um mich über die Rücklehne anzuschauen. Billy war in eine Lebensphase eingetreten, in der Versprechen heilig waren, und er erzwang sie bei jeder Gelegenheit. »Okay, Billy, ich würde sie nicht lassen.«

»Versprochen.«
Mitch nickte.
Unser Vater mußte jenes Versprechen nie erfüllen. Im nächsten Winter begann Billy zu turnen, und er ließ sich mit Kato ein. Eine ganze Weile blieb ihre Beziehung so unschuldig, wie eine Beziehung mit Kato es sein konnte.

Nach dem funkelnden Tageslicht der Turnhalle schienen die Gänge der High School unterirdisch. Wenn ich beim Wasserspender um die Ecke bog, sah ich meistens Kato, ihr blondes Haar von der einen oder anderen Spülung messingfarben oder honigdunkel. Sie schimmerte, die hellblauen Augen voll stumpfen Lichts. Wäre sie unter gewöhnlichen Umständen aufgewachsen, nicht mutterlos in der gesetzlosen Höhle von Billardhalle ihres Vaters, hätte sie das durchschnittlich hübsche Mädchen sein können, selbstsicher und nicht sehr interessant, aber sie hatte etwas Durchtriebenes und Drängendes an sich, etwas, das einem ein wenig Angst machen konnte. Sie war wie ein überempfindliches Tier, das auf einem großen Feld lebt und immer nach Deckung Ausschau hält. Billy war seit über zwei Jahren so eine Art Deckung, trotz der Vorbehalte unserer Eltern. Shinner Black, Katos Vater, war auf der High School ein Freund meiner Mutter gewesen, und das war vielleicht der Grund, daß Jean nie wirklich von Billy verlangte, er solle sich ein »nettes« Mädchen suchen. Nette Mädchen waren nicht verwundbar, und Billy schien ungeheure Macht über Kato zu haben, eine ganz andere Kategorie von Macht, die teilweise Billy war und teilweise etwas, das sie für ihn empfand. Sie hielt mich oft auf unserem Weg zur ersten Stunde im Flur an und redete leise, als teilten wir dasselbe Geheimnis, hüteten uns aber, es preiszugeben. Sie steckte mir kleine Geschenke zu, ein Stück Kaugummi oder die Schokoladen und Pfefferminz, die Shinner in der Billardhalle hinter der Theke verkaufte, und sie selbst lutschte immer etwas, einen roten oder grünen Fruchtbonbon, den sie zwischen den Zähnen hielt. Heute beugte sie sich nahe zu mir, und ich roch den sauren Zucker des Bonbons. »Danner«, fragte sie, »trainiert Billy? Hast du zugesehen?«

»Ja, er wärmt sich auf.«

»Hast du zugesehen?«

»Was meinst du?«

Sie lächelte. »Er sagt, du siehst nie zu.«

»Kato, ich hab anderes zu tun, als Billy zuzusehen.«

»Ja.« Sie nickte. »Jagt dir Angst ein, nicht, all diese neuen Übungen, die er macht.«

Ich zuckte die Schultern. »Nicht wirklich. Er ist sehr präzise.«

»Oh, absolut.« Mit ernstem Gesicht sah sie weg und sagte geistesabwesend, als seien wir handelseinig geworden »Ich geh vorbei und seh eine Weile zu. In Geometrie fall ich sowieso durch.« Sie kramte in ihrer Tasche und drückte mir ein zusammengefaltetes Quadrat in die Hand. »Hier, ich hab dir eine Nachricht geschrieben. Bis nachher, in der Turnhalle.«

Ich hatte beschlossen, Katos Zettel nicht mehr anzuschauen, aber ich konnte nicht anders. Sie hatte Klassenversammlung in der Bibliothek, und sie saß im hinteren Teil des Raums und schaute sich Zeitschriften an. Offensichtlich dachte sie dann an Billy, und in

Übertragung dachte sie an mich. Sie gab mir ganze Hochglanzseiten, geräuschlos aus ihrem Einband gerissen, zu langen schmalen Streifen gefaltet, dann um sich selbst gewickelt, um kleine feste Quadrate zu bilden. Jede ganzseitige Anzeige (mit weniger gab sie sich nicht zufrieden) zeigte Menschen in anmutiger Umgebung, die sich an Autos, Gebrauchsgegenständen, Parfüms erfreuten. Eine zeigte einen Lincoln: ein Paar, das müßig am Auto lehnte, die Frau im Pelz, der Mann in Abendkleidung. Ein Chauffeur in Uniform wartete, lächelnd, den Arm elegant auf die Haube des unmöglich langen, silbernen Autos gelegt. »Ich« hatte Kato über seine Brust geschrieben und über das Paar: »Du und Billy«. Darunter: »Unterwegs zu einem aufregenden Abend in der Stadt«.

Im Gehen faltete ich das Papier auf. Dies hier war eine Champagnerreklame: eine Terrasse am Meer bei Sonnenuntergang. Eine Frau in einem durchsichtigen langen Kleid saß allein an einem Tisch und berührte ihren Sektkelch; hinter und unter ihr spazierte ein Paar mit den gleichen Gläsern über den Strand, die Rücken zur Kamera. Kato hatte in Druckbuchstaben über den unteren Rand geschrieben: »Dein Haus!«. Niemand war beschriftet, und am großen Abfalleimer neben der Tür zu meiner Gesellschaftskundeklasse blieb ich einen Moment stehen und fragte mich, wer wer war. Dann faltete ich das Blatt in der Mitte und warf es schnell weg, als sei es irgendein Beweismittel gegen Kato, oder vielleicht gegen mich. Es war, als spräche sie eine fremde Sprache und ich verstünde die Worte gegen meinen Willen, wenn ich ihre Bedeutung auch niemandem hätte erklären können.

Kato war nicht wie wir anderen. In vieler Hinsicht lebte sie wie eine Erwachsene. Sie kam und ging, wie es ihr paßte. Sie hatte einen Job – arbeitete in der Billardhalle, machte Sandwiches, zapfte Bier hinter der Theke, außer wenn die Polizei kam. Sie führte für Shinner und zwei ältere Brüder, die nun beide in Stahlwerken in Ohio beschäftigt und selten zuhause waren, den Haushalt, so gut es ging. Sie war nie ein Mitglied der verschiedenen Mädchencliquen in der Schule gewesen, nie beim VCJM oder den Pfadfinderinnen, nie eine Abgeordnete beim Mädchenkongreß oder Kirchenlager. Vielleicht störte es mich, daß ich diese Dinge getan hatte und trotzdem eine unruhige Verwandtschaft mit ihr empfand.

Sie war eine Außenseiterin gewesen, von den Mädchen ihrer Klasse selten angesprochen, von manchen Jungen vorsichtig geneckt. Dank ihrer Verbindung mit Billy war sie nicht mehr als Ausgestoßene gebrandmarkt, und letzten Sommer hatte sie den »Miss-Jaycees-Schönheitswettbewerb« gewonnen. Sie hatte ein weißes Abendkleid von mir geliehen und sich, herausgefordert von Billy und ihrem Vater, beworben. Als sie gewann, brachte der Schreck ihre Mitbewerberinnen an der Bellington High School zum Schweigen. Nun war sie akzeptiert, aufgenommen und wurde sogar in die verschiedenen Ämter gewählt, die Jugendliche an der High School erfinden, aber sie schien die Gunst der Massen mit gereiztem Unglauben zu betrachten. Sie wußte zuviel, um ihrem Gesinnungswechsel zu trauen.

Kato wußte viel. Sie wußte, was es hieß, im Stich gelassen zu werden. Vor langer Zeit hatte ihre Mutter sich davongemacht. Sie wußte übers Trinken Bescheid, denn Shinner trank manchmal. Sie wußte über Männer und Jungen Bescheid; als Vierjährige war sie Zeugin der ihnen eigenen Kumpelhaftigkeit und Kämpfe und Glücksspiele, während sie mit ihren Puppen unter den Billardtischen spielte. Mit zwölf grillte sie Käse-Sandwiches hinter der Theke und backte tiefgefrorene Pizzas; selbst damals wußte sie über Frauen Bescheid, weil ihr Vater und ihre Brüder sie mit nach Hause brachten. Sie wußte, was es hieß, diskret zu sein, denn Shinner, attraktiv, ungebunden, ließ sich manchmal mit der Ehefrau von jemandem ein, obwohl seine Besucherinnen öfter Kellnerinnen von den LKW-Raststätten waren. Sie wußte, was Bellington von ihrer Familie hielt, die über der einzigen Billardhalle der Stadt lebte. Sie wollte nicht alles wissen, was sie wußte.

Ich wollte mehr wissen. Letzten Sommer, in der Woche, als Kato im Schönheitswettbewerb triumphierte, hatte ich zweimal mit einem älteren Jungen aus der Hauptstadt geschlafen, der gerade mit der Schule fertig geworden war und Kurse am örtlichen College besuchte. Ich fuhr gern in seinem gelben Kabriolett unten am Fluß entlang. Der Fluß dampfte und war braun, und die Bäume tauchten darin ein mit der Verzweiflung von Blattwerk, das von Stadtstaub und Asche erstickt ist. Mein Freund, älter, überzeugend arrogant, schwächte seinen beträchtlichen Vorteil mir gegenüber, indem er mit unglaublichen eingeübten Zeilen wie *ein Sommerabend, ein blauer Himmel, ein hübsches Mädchen* herausrückte. Aber ich war gern mit ihm zusammen; es gab mir das Gefühl, ich sei nicht mehr in Bellington. Als ich mich am Ende des Sommers eher wie eine entfernte Bekannte von ihm verabschiedete als wie ein Mädchen, das etwas erwartete, bestand er voll Bewunderung darauf, daß ich »anders« sei. Ich leugnete es. Jetzt erinnerte ich mich manchmal an die Zeilen, die er von sich gab, vielleicht weil die Peinlichkeit, die ich in jenen Augenblicken für ihn empfand, ein Mitgefühl ähnlich der Liebe war. Ich sprach nie mit jemandem darüber, daß ich mit ihm geschlafen hatte, und in der letzten Zeit fragte ich mich manchmal, ob es wirklich geschehen war.

Kato und Billy schliefen miteinander. Keiner von beiden sprach darüber, aber jeder wußte es. Andere Paare fuhren in Autos durch die Straßen der Stadt und rangelten schließlich an irgendeiner Landstraße auf den Rücksitzen. Billy und Kato fuhren nach dem Kino an Freitagen, den Sportveranstaltungen an Samstagen, an Sonntagnachmittagen einfach zu ihr nach Hause. Billys Auto stand vor der Tür, auf einem der rechtwinkligen Parkplätze, die mit weißer Farbe auf dem Straßenpflaster aufgemalt waren. Eine Tür neben der Vorderseite der Billardhalle führte eine lange schmale Treppe hinauf zur Wohnung der Blacks.

Einmal fragte ich Billy halb im Scherz, was er all die Stunden bei den Blacks tue.

»Fernsehgucken. Kartenspielen.« Er lächelte.

Und ich glaubte ihm. Sie hatten wirklich Zeit, wie ein Ehepaar herumzusitzen und sich dann in Katos Zimmer zurückzuziehen. Gegen ein Uhr morgens stand Billy auf, zog seine Kleider an und kam rechtzeitig zum Zapfenstreich nach Hause.

Vielleicht wollte meine Mutter anfangs glauben, daß jemand auf sie aufpaßte, aber Shinner war unten in der

Billardhalle, mußte in einem Getöse aus Stimmen, Zigarettenrauch, Jukebox-Musik mit der Hauptgeschäftszeit fertig werden. Ich stellte mir vor, daß das dumpfe Dröhnen den Boden von Katos weißem quadratischen Zimmer vibrieren ließ.

»Danner? Wo ist deine Hausarbeit?« Meine Gesellschaftskunde-Lehrerin spähte über ihre Bifokalbrille auf mich herab, ein Bündel Papiere in der Hand.

Als ich in meiner Mappe herumwühlte, wurde mir klar, daß ich den Schnellhefter in der Turnhalle gelassen hatte. »Entschuldigung«, verkündete ich, »bin gleich wieder da.«

»Einen Augenblick«, sie seufzte. »Ich muß dir eine Erlaubnis ausstellen.«

Als ich dieselben Flure zurückging, die ich gerade hinter mich gebracht hatte, konnte ich die ruckartige Bewegung der großen Uhr an der Wand hören. Klassen murmelten, und draußen blies ein kalter Wind Staub um das Gebäude. Es war beinahe November. Meine Mutter wollte, daß Billy im Januar auf eine Militärschule ging; sie hatte ein Dutzend Broschüren mit der Post erhalten, und sie wollte sich mit Billy eine Schule in Virginia ansehen, sobald das Schauturnen vorbei war. Billy ließ sich nicht wirklich darauf ein, aber Jean wies leise immer wieder auf seine kommende Abwesenheit hin. Kato konnte es noch nicht wissen – sie hätte mich gefragt, mich ausgefragt, als könnte ich aufhalten, was schon geschah.

Da sah ich sie, sie stand allein am Ende des Flurs. Sie hielt eine der schweren Turnhallentüren mit dem Fuß ein paar Zentimeter auf und beobachtete Billy, ihre Bücher und Hefte in einem Stapel auf dem Fußboden. Sie hielt sich selbst umschlungen, so versunken, daß sie mich nicht hinter sich kommen hörte. Sie änderte ihre Haltung, als sie meine Gegenwart spürte. Schweigend sahen wir zu. Jetzt waren Leute da, die Hilfestellung gaben, und der Trainer; Billy übte einen Salto rückwärts mit einer, dann zwei Drehungen. *Bleib erstmal eine Weile bei den zweifachen*, sagte der Trainer, aber Billy machte einen dreifachen. In der Luft sah er aus wie ein schöner Gegenstand, der wie in einem Schacht aus Luft sich gestreckt um sich selber drehte. Er landete vollendet, die Knie leicht gebeugt, beide Arme kraftvoll ausgebreitet, als sei er plötzlich wieder er selbst geworden.

»Danner«, sagte Kato, »will deine Mutter Billy wirklich wegschicken?«

»Ich weiß es nicht«, log ich.

Sie hörte nicht auf zuzusehen; sie wandte ihre Augen nicht von ihm ab. Ihre Aufmerksamkeit, ihre Konzentration erinnerten mich an meine Mutter, aber Jean konnte ihrer täglichen Arbeit nachgehen, während ihre Konzentration ungestört blieb, ein klarer Ton erklang unter all ihren Bewegungen. Sie hätte Billys Flugversuch mit einem unfehlbaren dritten Auge überwacht, während sie in der Klasse, die Kato aufgegeben hatte, die beste Note gehalten hätte. Jean wollte, daß ihre Kinder sich in sicheren Bahnen bewegten, aber Kato war unvorhersagbar; sie hatte wilde Sehnsüchte und keine Pläne.

Ich hatte Pläne. Vielleicht übte ich, meine Mutter zu werden, jene Art überragend tüchtiger, unerfüllter Frau, wachsam und verkrüppelt.

Kato drehte sich zu mir, ihre Augen glänzend und ruhig. »Ich seh ihm gern zu«, sagte sie. »Solang ich hier bin, weiß ich, daß nichts Schlimmes passieren kann.«

Als ich von der Schule nach Hause kam, saß meine Mutter am Küchentisch und polierte Silber. Sie hatte das Tischtuch mit einer Zeitung bedeckt und mit einem Stapel Löffel begonnen. Die blasse Polierpaste trocknete zu einer kreidigen Glasur auf den Löffeln, die meine Mutter vor sich aufgereiht hatte. Die Politur roch sauber und chemisch, wie verdunstende Medizin.

»Hallo«, sagte sie sanft.

Ich konnte sie mir nicht jünger, von hilflosen, ganz eigenen Sehnsüchten erfüllt vorstellen, aber vielleicht war sie vor diesen Gefühlen geflüchtet. Tom Harwin war gestorben, und meine Mutter war in der Stadt geblieben, hatte geheiratet, sich durchs College gearbeitet. Jetzt hatte sie einen akademischen Grad und leitete das Bezirkswohlfahrtsamt. Heute war sie ein wenig früher zuhause.

Sie lächelte zu mir hoch. »Frag mich nicht, warum ich das mache. Ich dachte nur, wenn ich mir jeden Tag nach der Arbeit ein paar Stücke vornehme, bin ich in einer Woche mit dem ganzen Silber fertig. Gute Therapie.«

»Dann sollten du und Dad die Löffel vielleicht als Team polieren.«

Meine Mutter sah mich nicht an. »Ich find dich nicht sehr komisch«, sagte sie.

»Wo ist er überhaupt?«

»In der Stadt – wo ist er schon jeden Tag um diese Zeit?«

»Ich weiß es nicht. Ich weiß nicht, wo er ist, wenn er hier ist.«

»Das kann ich dir sagen. Er sitzt in dem blauen Sessel vor dem Fernsehapparat.«
»Das ist nicht wahr, Mom. Manchmal sind er und ich zur selben Zeit zuhause, und ich weiß es nicht mal. Ich hör ihn die Kellertreppe heraufkommen, und mir wird klar, daß er seit Stunden da unten war. Was macht er da unten an seinem Schreibtisch?«
Meine Mutter hielt einen weichen Baumwollappen in der Hand, als balanciere sie sein Gewicht aus. »Ich weiß es nicht«, sagte sie, »aber was immer er tut, bringt nicht viel ein. Ich bin es leid, die ganze Familie durchzuziehen. Wenn dein Vater seine Zeit da unten verbringen will, könnte er eine Ladung Wäsche waschen oder ein paar Hemden bügeln.«
»Es ist so dunkel und deprimierend im Keller«, sagte ich.
Sie führte den Lappen an einen zinngetönten Löffel und rieb; er begann zu glänzen, während auf dem Tuch ein verschmierter Fleck erschien. »Man kann dort unten Licht anmachen«, sagte sie leise. »Es ist nicht so schlimm. Ich muß es wissen, ich schlaf jede Nacht da unten im Gästebett.«
Ich nickte. »Warum?«
Sie sah mich an und legte den polierten Löffel vor meine Finger. »Was soll das heißen, warum?« Dann schwieg sie einen Augenblick. »Ich kann in meinem eigenen Schlafzimmer nicht schlafen. Ich vermute, ich nehm es ihm übel, daß er da liegt und schnarcht, während ich zu aufgewühlt bin, um ein Auge zuzumachen. Es ist dunkel, und das Haus ist still, und ich bin wach und frag mich, wie ich zurechtkommen soll.«
»Mom, es wär nicht schwer für dich zurechtzukom-

men, wenn du diese Sache mit der Militärschule vergißt.«
Sie beugte sich zu mir. »Hör mal, du darfst Billy nicht davon abbringen, dahinzugehen. Es gibt nicht ein College im Staat, das ihn mit seinem Notendurchschnitt aufnimmt. Wenn er nicht aufs College kommt, wird er eingezogen. So einfach ist das.«
»Aber Mom, du schickst ihn zu einer Militärschule. Das ist, als würden sie ihn zwei Jahre früher einziehen.«
»Nein«, sagte sie. »Ich kenn Billy. Er geht mit aller Energie ran und schlägt sie in ihrem eigenen Spiel. Und sie werden ihn besonders fördern, da bin ich mir sicher.«
»Genau. Sie werden Billys ausgezeichnetes Potential als Kanonenfutter erkennen.«
Meine Mutter hielt einen Löffel dicht vor dem Gesicht und polierte die innere Rundung. »Du irrst. Jungen, die auf diesen Militärschulen sind, sind genau die, die nicht nach Vietnam gehen, es sei denn, als Offiziere.«
»Offiziere werden erschossen, Mom. Sie werden von ihren eigenen Männern erschossen.«
»Danner, kannst du mal aufhören?« Sie gab mir den Löffel. »Brandenburg hat eine ausgezeichnete Turnmannschaft, und wenn Billy mit guten Noten abschließt, werden sie ihm helfen, ein Stipendium für eine bessere Schule zu bekommen, als ich mir je leisten könnte.« Sie sah in die Ferne, ihr Blick auf traurige Weise hoffnungsvoll. »Wenn er abgeht, ist dieser Krieg bestimmt vorbei. Und die Offiziere, die an der Schule unterrichten – ich glaub, Billy wird feststellen, daß er diese Männer achtet.«

»Naja«, ich seufzte. »Billy liebt einen würdigen Gegner. Was meinst du, weshalb er Kato so sehr will?« Meine Mutter schob die Politurflasche auf dem Tisch zur Seite. »Ich weiß genau, warum er Kato will. Jeder in der Stadt weiß es.«
»Darauf will ich ja hinaus, Mom. Worum geht es dir wirklich? Um jeden in der Stadt? Was meinst du, warum Billy sich nicht einfach geweigert hat zu gehen? Es ist, als stellte er dich auf die Probe.«
»Er stellt mich nicht auf die Probe, er verläßt sich auf mich. Er ist ein zuverlässiger Junge, und er steckt bis über beide Ohren drin. Was ist, wenn sie schwanger wird?« Meine Mutter berührte meine Hand mit ihrer. »Es passiert. Menschen ruinieren sich das Leben.«
»Vielleicht, aber –«
Jean schüttelte den Kopf. »Du weißt nicht alles, was es über Kato zu wissen gibt. Die Bezirkswohlfahrt hat seit Jahren, seit sie ein Kind war, eine Akte über die Familie. Sie haben sie betreut, als sie noch ein kleines Mädchen war. Natürlich, so wie das Beratungszentrum geführt wird, hat es Kato wahrscheinlich eher geschadet.«
»Was meinst du? Weswegen betreut?«
»Anscheinend trank die Mutter, wie Shinner, nur schlimmer. In regelmäßigen Abständen setzte sie die Kinder ins Auto und fuhr davon. In irgendeiner Stadt nahm sie ein Zimmer im Motel und ließ die Kinder alleine. Schließlich ließ sie sie irgendwo in Pennsylvania und kam nicht zurück.«
»Wie alt war Kato?«
»Jung, sechs oder sieben. Shinner war damals nicht in der Gegend, aber seine Mutter nahm die Kinder. Sie

war eine Schneiderin, wohnte unten bei den Gleisen. Sie starb nur einige Jahre später. Shinner verkaufte ihr Haus und kaufte die heruntergekommene Billardhalle.« Meine Mutter machte eine Pause, staubte jedes Stück des fertigen Silbers ab, legte jedes sanft beiseite. »Nicht, daß ich kein Mitleid hätte. Ich war früh verliebt; ich weiß, was für ein Gefühl es ist, alle Hoffnung auf einen Menschen zu setzen. Aber für einen Menschen wie Kato kann Billy nichts ändern. Ganz gleich, wie erwachsen er sich gibt oder wie wenig Befehle er annimmt, er ist bloß ein Kind.«

Ich stapelte die glänzenden Löffel behutsam und räumte sie weg, während sie sprach. Ihre Silberstiele waren mit Monogramm versehen und mit zarten, winzigen Blättern eingefaßt.

»Danner, hast du eine bessere Idee? Mitch wird Billy nicht in den Griff bekommen. Brandenburg ist vielleicht nicht die beste Lösung, aber es ist eine Möglichkeit, Zeit zu kaufen.« Meine Mutter sah mich direkt an. »Meinst du wirklich, ich tue etwas Falsches?«

Zwei Jahre zuvor war Kato bei den Eltern von irgend jemandem zu Turnwettkämpfen mitgefahren, eine inoffizielle, einsame Jubeltruppe. Die »Turner« waren in jenen Tagen eine kleine, nicht sonderlich beachtete Gruppe von Jungen, die sich am Pferd und den Ringen abmühten. Sie fuhren als Mannschaft zu einem Landeswettkampf und errangen den vierten Platz, und die Schule kaufte mehr Geräte. Wenn Jean an die Reihe kam, fuhr sie die Jungen zum Training, als sie noch zu jung waren, um Führerscheine oder Autos zu haben. Später fuhr sie zu den Wettkämpfen, und Kato saß vorne zwischen Jean und Billy. Jean war freundlich, aber sie schien Kato und das Turnen mit derselben stillen Sorge zu betrachten, vielleicht weil beide mit Billys mangelndem Interesse an seinen Noten zusammenfielen. Darüber schwieg Jean nicht. *Mit Noten unter dem Durchschnitt kommst du nicht auf ein anständiges College* oder *Weißt du nicht, daß du eingezogen wirst? Vietnam ist jetzt jeden Abend in den Nachrichten.*

Zu ein paar Wettkämpfen fuhr ich mit. Einer war in Wierton, einer Stadt mit Stahlindustrie im südlichen Teil des Staats. Kato war da und sah erfreut aus, in einer beinahe leeren Turnhalle neben Jean zu sitzen. Absperrungen standen wie für ein Basketballspiel an der Längsseite der Fläche, und die wenigen Anwesenden fühlten sich unbehaglich. Kato sah ungewohnt ordentlich aus, ihr Haar war zu einer vollendeten Außenrolle gedreht und gesprüht. Wierton hatte, als wir durch die Hauptstraße fuhren, rußig und verlassen ausgesehen, und die Schule war auch schmutzig. Die Wintersonne fiel in Balken durch die hohen, verschmierten Fenster, und Stäubchen schwebten in der Luft. Alle Turnwettkämpfe schienen heimlich abgehalten zu werden, zu merkwürdigen Zeiten, früh am Samstagmorgen oder am Sonntagnachmittag, in der einen oder anderen verlassenen Turnhalle. Es gab kein Publikum, bloß die Eltern und eine Reihe Juroren, die mit Schreibblöcken auf dem Schoß auf Klappstühlen saßen. Zwischen den Übungen berieten sie leise, rechneten auf Papier. Punktzahlen wurden verkündet und auf eine Tafel geschrieben. Kein lärmendes Rempeln zwischen den Jungen, die darauf warteten, vorzuturnen; sie saßen still, konzentrierten sich, waren voller Anspannung. Es herrschte eine geheimnisvolle Atmosphäre, wie die schwere Stille, die die Tonspur des Profi-Bowlings durchdrang, das Mitch sonntags im Fernsehen sah. Der Ansager sprach mit einem schweren Flüstern, als seien die im Fernsehen übertragenen Vorgänge verboten. Während ich Billy zusah, konnte ich diese tiefe, gehauchte männliche Stimme beinahe irgendwo jenseits von Katos Profil kommentieren hören. Wenn sie auf ihre Hände sah, schienen ihre blonden Wimpern die Wangen zu berühren. Jean saß vollkommen still und hielt ihre Handtasche auf den Knien. Vor uns turnte Billy am Pferd. Er war ein Anfänger, und seine Bewegungen müssen relativ einfach gewesen sein; für uns sahen sie kompliziert aus. Mit ausgestreckten Armen auf den Eisenpauschen balancierend, schwang er seine Beine wie todbringende Gewichte, als könne der untere Teil seines Körpers beliebig manipuliert werden. Da war das harte, feste Klatschen seiner Hände, die die Pauschen ergriffen, wechselten, die Beine, eins nach dem anderen, hoch und gerade in der Schere. Er bewegte sich mit glatter, gewaltiger Kraft, spliß die Luft. Dann sprang er ab, und es war vorbei.

Nachher im Auto waren alle entspannter. Wir waren schnell durch Wierton und auf dem Weg nach Hause.

»Kato«, fragte Jean »wie geht's deinem Dad?«

Kato sah auf. »Gut.« Nach ihrer schnellen Antwort war es kurz still.

»Dein Dad und ich waren auf der High School befreundet, weißt du.« Jetzt, wo wir auf dem Highway waren, versuchte Jean den Staub von der Windschutzscheibe zu waschen. Wasser bedeckte das Glas, während die Scheibenwischer sich hin- und herbewegten und Rinnsale wegwischten.

»Ich weiß«, antwortete Kato. »Ich glaub, mein Dad hat Fotos von Ihnen. Von Ihnen und ihm und noch einem Typ.«

»Wahrscheinlich Tom Harwin.«

»Ja, stimmt. Im Büro hat Dad ein Foto in einem Rahmen. Die beiden tragen ihre Footballausrüstung, und Sie haben so etwas wie einen Pelzmantel an?«

Jean nickte. »Chinchilla. Ich hab ein Jahr für den Mantel gespart, im Drugstore gearbeitet.« Sie lachte. »Ich dachte, er wär was Tolles.«

»Und die Footballhelme sehen komisch aus, anders, kleiner«, sagte Kato. »Über dem Aktenschrank hat Dad noch ein Foto.«

»Ja, das glaub ich. Sie waren sehr gute Freunde.«

»Du solltest dir das mal angucken, Mom.« Billy legte lässig einen Arm über den Sitz und berührte mit der Hand die Schulter unserer Mutter. »Shinner hat alles mögliche Zeug in dem Büro. Zeitungsschlagzeilen aus dem Zweiten Weltkrieg.«

»Mrs. Hampson«, fragte Kato, »kannten Sie meine Mutter?«

»Nein. Sie war nicht aus der Gegend.«

Wir überquerten Eisenbahngleise, und unsere Körper wurden von der Bewegung des Autos leicht erschüttert. Kies knirschte unter den Reifen. Die großen Signallampen, ihre Arme überkreuz, blinkten eine orange Warnung, als wir weiterfuhren.

Billy hatte ein gebrauchtes Auto gekauft, von dem Geld, das er gespart hatte, als er für das Straßenbauamt die Büsche entlang der Schnellstraßen schnitt. Er hatte Kato jeden Morgen vor der Schule abgeholt, bis meine Mutter sanft zu ihm sagte: »Ich glaub, es ist nicht nötig, daß du sie jeden Tag abholst, als gehörte sie zur Familie.«

Manchmal fuhr ich mit ihm zur Schule. Die alte Schule, auf die Shinner Black und Jean und Mitch alle gegangen waren, war noch in Betrieb. Die Kinder vom Land wurden von Schulbussen abgeholt, und Stadtkinder gingen zu Fuß oder holten sich gegenseitig in Autos ab. Billy und ich überholten oft den Schulbus, der sich, gelb und staubgesprenkelt, zum Überquellen voll, ein wenig mit dem Gefälle der Straße zu neigen schien.

»Billy, reden du und Mom je über Kato?«

»Nein. Mom beschwert sich bloß bei dir.« Er grinste.

»Bei irgendeinem muß sie sich wohl beschweren. Mit Dad scheint sie nicht viel zu reden.«

»Nein. Sie sind nicht sehr gesprächig.«

Die Landschaft der Stadt glitt vorüber. Die breiten Holzhäuser waren verwitterte Relikte, an denen die großzügigen Veranden durchhingen. Inzwischen waren die Randgebiete von Bellington mit Bungalows gepunktet, deren Gärten in die langen kühlen Gräser der leeren Felder übergingen.

»Dad hat einmal mit mir über sie geredet, vor über einem Jahr, kurz bevor sie und ich zu irgend etwas kamen, was der Rede wert war.«

»Tatsächlich?« Wahrscheinlich zeigte sich die Überraschung in meiner Stimme.

Billy zog eine Augenbraue hoch, seine Stimme war belustigt. »Mitch erklärte mir einige Verhütungsmethoden. Er sagte: ›Es bringt nichts, sich in einen Schlamassel rein zu reiten.‹«
»Das ist die Wahrheit.« Ich mußte darüber lachen, wie er Mitchs Ton nachahmte, aber die Geschichte machte mich ein bißchen traurig. Ich beachtete meinen Vater in der letzten Zeit mehr, vielleicht, weil niemand sonst es zu tun schien. Seit er seinen Job als Autoverkäufer aufgegeben hatte, verbrachte er viel Zeit in dem Büro, das er sich im Keller eingerichtet hatte. Er verkaufte Aluminiumgebäude auf Kommission, Geräteschuppen, und er war jetzt viel mehr zuhause als Jean. Ich fragte Billy: »Glaubst du, Dad mag Kato?«
»Ja, ich bin mir sicher. Sie hat mir erzählt, daß er in die Billardhalle kommt und immer ein Gespräch anfängt.«
»Wie oft geht er dahin?«
Billy zuckte die Achseln. »Ein- oder zweimal die Woche, am späten Nachmittag.«
»Er hat jetzt wohl ziemlich viel Zeit übrig.«
Mein Bruder sah zu mir herüber. »Wahrscheinlich.«
»Was sagt er über Brandenburg?«
»Nichts. Es ist Moms Geld, und er hält sich raus.«
»Also?«
»Also was?«
»Gehst du?« Er antwortete nicht, und ich berührte das kalte Kunstleder der Autotür. Ich konnte durch es hindurch das Vibrieren des Motors spüren. »Wünschst du dir nie, du könntest abhauen, irgendwohin, solang es irgendwo anders ist?«
»Nicht wirklich«, sagte Billy, »noch nicht. Aber wenn

ich geh, könnte Kato runter kommen und mich besuchen. Ich könnte da unten einen Teilzeitjob kriegen und ihr das Busgeld schicken.«

»Wie willst du Zeit für einen Job haben, wenn du in der Turnmannschaft bist?«

»Ich weiß es nicht. Ich würde Poker oder Billard für Geld spielen. Ich bin ganz gut geworden, während ich so bei Shinner herumsitze.« Er lächelte. »Haben Internate nicht alle so besondere Wochenenden? Kato hat immer noch das weiße Kleid von dir. Sie könnte es in einen Koffer schmeißen und auftauchen, wenn sie aufhören könnte, über mich in Uniform und Bürstenschnitt zu lachen.«

»Sie hat nichts zu lachen.«

Die Schule kam in Sicht, und Billy bremste, um auf den Parkplatz einzubiegen. »Es gibt niemanden wie Kato«, sagte er ernst. »Ich würde sie sehen wollen, ganz egal wo ich bin.«

Ich lächelte zurück. »Sie ist dir ergeben.«

Mein Bruder parkte den Wagen. Eine Halskette, die er Kato geschenkt hatte, ein Goldkettchen, baumelte vom Rückspiegel. Billy stellte den Motor ab und blieb mit der Hand auf den Schlüsseln sitzen. »Ich hab Mom gesagt, ich würde mit ihr fahren, um mir die Schule anzugucken, in der Woche nach dem Schauturnen, bloß für drei Tage. Wenn es mir wirklich nicht gefällt, werd ich es sagen, und die Sache ist erledigt. Wenn doch, nun, dann wird Kato, glaub ich, auf mich warten.«

»Wann sagst du ihr, daß du fährst?«

»Heute morgen.«

»Paß auf, wie du es ihr sagst.«

In den letzten Tagen vor dem Schauturnen machte die Sportabteilung der Mädchen das Bühnenbild für den unerläßlichen letzten Beitrag, Kerzentanz zu Musik. Ganze Klassen von Mädchen würden in choreographierten Bewegungen angezündete Kerzen tragen, stehend, sitzend, kniend, während in der verdunkelten Turnhalle Musik spielte – es war einfach, bezog selbst die am wenigsten Koordinierten mit ein und beeindruckte in vorgetäuschter Nacht. Wir hatten die Bewegungen seit Wochen zum Aufwärmen geübt, hielten die flachen gläsernen Kerzenständer, verdrehten die Arme wie Mata Hari. Dieses Jahr machten wir ein Bühnenbild, das zu einer Instrumentalfassung von »Blue Moon« mit Scheinwerfern angestrahlt werden sollte. »Blauer Mond«, flachste immer jemand, »ich sah dich herumhängen ...«. Der Mond war ein hellblaues Laken, das über einen Rahmen gespannt war; Wolken aus Silberfolie würden an Drähten vorbeiziehen. Kato und ich halfen, aus dickem Pappkarton Schäfchenwolken auszuschneiden. Die Linolmesser aus der Kunstabteilung waren stumpf, und wir mußten den steifen Karton durchsägen. Kato begegnete nie meinem Blick; ich wußte, daß sie Billy vor den anderen nicht erwähnen würde. Ich war erleichtert, als ich aufgefordert wurde, Klappstühle für die Zuschauer aufzustellen – ich wußte, daß ich spät fertig würde, wenn die Stunde bereits vorbei war. Kato würde geholfen haben, das Bastelmaterial wegzuräumen, und zu einer anderen Stunde gegangen sein.

Während ich Stapel von Metallstühlen aufstellte, versuchte ich mir Kato im nächsten Jahr vorzustellen, ihrem letzten Jahr, ohne Billy. Ich würde auch weg sein, wahrscheinlich auf dem College – der Gedanke an dieses Unbekannte schien rein und grenzenlos, als schwebte man im Weltraum. Und »Brandenburg« wirkte in der Broschüre, die Jean mir gezeigt hatte, wie ein von einer wohlwollenden, allmächtigen Autorität kontrolliertes Universum: die uniformierten Jungen, der efeubewachsene Glockenturm auf dem Umschlag, Paare, die unter gekreuzten Säbeln zu einem festlichen Tanz gingen. Und die Turner, die ein Mitglied ihrer Mannschaft zu den olympischen Qualifikationswettkämpfen geschickt hatten, sahen göttlich aus in ihren Trikots – sie waren geschätzt und privilegiert, sie waren geschützt. Vielleicht hatte Jean recht. Als ich zu den Duschen hinunterging, wurde mir klar, daß Billy vor mir wegkommen würde. Erst am letzten Abend hatte ich auf seinem Schreibtisch eins der Bibliotheksbücher über Trampoline bemerkt, aufgeschlagen bei einem Kapitel mit der Überschrift »Vorzüge: Mehr als jede andere Sportart entwickelt Trampolinspringen den Sinn für Balance in allen Lagen.«

Die Umkleideräume der Mädchen waren genau wie die der Jungen, nur kleiner, und sie wurden weniger oft gestrichen. Die Schließfächer waren älter, zerbeult und olivgrün, ihre Riegel und unzuverlässigen Schlösser vor dreißig Jahren angebracht. Die Räume selbst hatten dicke Wände, die sich immer feucht anfühlten. Bis in Schulterhöhe dunkelgrün gestrichen, nahmen sie darüber die fahle Farbe der Decke an, ein saures Gelb, das an Übelkeit erinnerte. Schräg abfallende Betonböden leiteten das Wasser in metallene Abflußgitter. Entlang der Wände standen die langen grünen Bänke, wo Mädchen in den Vierzigern und Fünfzigern gesessen hatten, um sich ihre Nylonstrümpfe anzuziehen; nun trugen wir farbige Wollkniestrümpfe, die zu unseren Pullovern paßten, oder fuchsienfarbene Strumpfhosen. Der Raum war lang und schmal, kaum erleuchtet von den Glühbirnen an der Decke und den Kellerfenstern aus milchigem genoppten Glas, die mit schwarzem Eisen vergittert waren. Wir zogen gerne unsere dunkelblauen Trikots mit Röckchen an und bezeichneten uns dann als Irre: täuschten Geknurre und Gesabber vor, während wir uns bückten, um die Turnschuhe zuzubinden. Jetzt, wo der Raum leer war, ähnelte er einem aufgegebenen Verlies.

Ich ging nackt in den Duschraum, eine schmale Sackgasse, die nach Schimmel roch. Die Lampen waren nicht richtig angeschlossen und flackerten. Überraschend schön waren die Duschkabinen aus Marmorplatten, die vom Boden bis zur Decke reichten, der Marmor ein mit Grau geädertes Perlweiß. Ihre schweren Türen knallten zu, die dunkle Farbe blätterte ab. Ein langer waagerechter Spiegel war gegenüber den Duschen über kleinen Waschbecken angebracht; der Spiegel war immer beschlagen, schwitzte, Glaspartikel waren abgesprungen, so daß die Oberfläche mit winzigen braunen Schneeflocken vernarbt schien. Am Ende, unter den Fenstern waren zwei Toiletten in Holzkabinen. Auf ihre grünen Türen hatte vor langer Zeit jemand mit einer Nagelfeile gekratzt: »Keine Sitzungen während des Duschens«. Direkt über dieser Mitteilung hing ein neuerer offizieller Hinweis, mit der Hand in Druckbuchstaben geschrieben: »Nicht Abspülen, solange Duschen in Betrieb sind«. Rechts neben dem

Schild noch eine gekritzelte Botschaft: »Piß in der Dusche, scheiß anderswo, viel Glück«.
Als ich gerade drinnen war und das Wasser gurgelte, dann in einem harten Sprühregen heftig herausschoß, wurde das gelbe Licht trüb und ging aus. Ich hörte Kato in den Raum kommen. Sie rief meinen Namen und tastete sich an den Kabinentüren entlang.
»Danner«, sagte sie, »bist du das?«
»Ja«, antwortete ich. »Wieso bist du noch hier?«
»Ich mußte das Bastelmaterial wieder nach oben bringen.«
»Kato, was ist mit dem Licht los?« Ich langte hinüber, um die Tür aufzuriegeln und berührte stattdessen Katos kalten Bauch, als sie hereintrat.
»Die Birne muß wieder ausgegangen sein. Huch, mach wärmer, mir ist irre kalt.«
»Das ist meine Dusche«, sagte ich. »Es ist warm genug.«
Sie schob mich wie im Spiel direkt unter den harten warmen Regen und boxte mit den Fäusten sanft gegen meine Hände. Ich drehte mich um, und sie stellte sich dicht hinter mich. Ich spürte die lange kühle Länge ihres Körpers. Sie lachte und war angespannt; sie legte ihre Hände leicht auf meine Taille und summte ein paar Takte aus »Blue Moon«, tat dann so, als gebe sie mir einen Vampirkuß auf die Schulter.
»Du riechst wie Billy, weißt du das?« Sie seufzte, ihre Stimme wurde langsam und anders. »Du und Billy, ihr riecht gleich.«
Ich sagte nichts.
»Billy geht weg, nicht? Er hat's dir gesagt, ich weiß es.«
»Ich weiß nicht, Kato. Vielleicht tut er's.«

»Scheiße«, flüsterte sie, wie ein Flehen, und ihre Stimme brach. Sie legte die Arme von hinten um mich und lehnte sich mit ihrem ganzen Gewicht gegen mich, als suche sie in der Umklammerung Halt.

»Kato –«

Sie weinte. »Aber er kann nicht gehen. Das mußt du ihm sagen.«

»Laß uns rausgehen, okay?« In dem warmen Wasser und der Dunkelheit roch ich den blumigen Geruch ihres nassen Haars. Ich stand regungslos, und sie hielt sich schwankend an mir fest; an meinem Nacken spürte ich ihr Gesicht, das sich hin und her bewegte wie das Gesicht von jemandem, der in einem Traum kämpft. Über dem laufenden Wasser hörte ich ihre zerrissenen Schluchzer, lange Töne, teilweise atemlos, nach Luft schnappend. Ich drehte mich, um sie anzusehen, und sie ließ es zu, wollte aber nicht loslassen. Ich konnte ihr verkrampftes Gesicht kaum sehen, und ich hatte Angst.

»Kato, bitte, beruhige dich. Hol tief Luft, versuch zu atmen.«

Sie hielt mich, rutschte hinunter, ihr Gesicht an meinem Bauch, meinen Schenkeln, bis sie auf dem nassen Beton auf die Knie fiel und bei meinen Füßen kauerte. In dem Augenblick flackerten die Lampen, an , aus, an. Ich kniete mich neben sie, und sie sah zu mir auf, ohne mich wirklich zu sehen.

»Oh Gott«, sagte sie, »keiner hilft mir.« Sie bedeckte das Gesicht mit den Händen.

»Ich helf dir, Kato, ich helf dir, wenn ich kann. Bleib hier, ich hol ein paar Handtücher. Bleib schön hier.«

Ich ließ sie nur eine Minute allein, während ich die

Schließfächer nach trockenen Handtüchern durchsuchte. Als ich zurückkam, stand sie vor dem Spiegel, die Dusche hinter ihr lief noch. Jemand hatte ein Linolmesser auf dem Waschbecken gelassen. Kato hatte das Messer in der Hand, und sie hielt einen Arm gerade über den Kopf gestreckt. Sie beobachtete sich im Spiegel und zog einen langen ausgefransten Schnitt vom Handgelenk bis zur Achselhöhle. Sie tat es unglaublich schnell, ausdruckslos, als hätte, was sie im Spiegel sah, nichts mit ihr zu tun. Das kleine Messer fiel ins Becken, als ich sie erreichte, und sie drehte sich zu mir um, ihr Gesicht war steinern, Blut quoll den Schnitt entlang und sammelte sich in ihrer hohlen Hand.

»Du hast das Falsche gemacht«, sagte Billy.
»Guck mal, ich konnte nicht sehen, daß es nicht so schlimm war. Sie blutete. Ich konnte es nicht sehen.«
»Du hättest ihr helfen sollen, sich anzuziehen, und dann mich holen.«
»Billy, wenn der Schnitt tiefer gewesen wäre, hätte sie verbluten können, während ich dich suchte.«
»Aber er war nicht so tief.« Über ihm tickte Jeans Küchenuhr wie ein mechanischer Herzschlag. Endlich war es dunkel und der Tag vorbei. Billy schüttelte den Kopf. »Wollte sie, daß er schlimmer war?«
»Ich weiß es nicht. Das Messer war stumpf, und sie konnte nicht fest drücken, so wie sie den Arm hielt. Aber sie hat sich geschnitten. Dreißig Stiche hat sie bekommen. Wenn ich dich gefunden hätte, Billy, was hättest du getan? Ihr den Arm zugenäht? Ach, du mußt jetzt andere helfen lassen.«
Er antwortete nicht, seine Hände flach auf der Platte

des Eichentischs. Sie hatten ihn im Krankenhaus nicht zu ihr gelassen, aber später, als sie mit ihrem Vater nach Hause kam, war er da, hatte seit Stunden gewartet.

»Billy, was hat sie dir gesagt?«

»Sie war in ihrem Zimmer, hatte sich hingelegt. Sie hat es heruntergespielt, sagte, sie hätten ihr kostenloses Valium gegeben und daß sie ihre Tante in Ohio besuchen wird. Sie sagte, Dayton wäre nicht New York City, aber größer als Bellington.« Er senkte die Stimme. »Sie sagte, es tue ihr leid.«

»Hast du mit Shinner geredet?«

Billy nickte. »Er sagte, ich soll nicht wegen Kato bleiben, daß sie bis Weihnachten, vielleicht das ganze Schuljahr über bei seiner Schwester sein würde. Daß wir schreiben und reden könnten, aber daß es Abstand geben sollte.«

»Billy«, sagte ich, »vielleicht hat er recht.«

Er sah verwirrt in die Luft, die Augen naß. »Ich hab ihr gesagt, ich fahr hin, um zu gucken. Das ist alles, nur mal gucken.«

Das Schauturnen fand planmäßig zwei Tage später statt, an einem kalten Freitagabend. Kato war nach Ohio zu ihren Verwandten geschickt worden, und Billy hatte seine Trampolinnummer abgesagt. Ich ging nur zu der Schau, weil ich es nicht ertragen konnte, zuhause zu bleiben, mit Jean und Mitch und Billy in seinem stillen Zimmer, sein Koffer gepackt. Mein Vater fuhr mich zur Schule, und ich nahm an verschiedenen Übungen mit meiner Klasse teil, aber gegen Ende konnte ich die letzte Nummer, das Kerzenmanöver zu »Blue Moon« im Dunkeln, nicht ertragen. Ich wollte nicht sehen, wie hundert Mädchen Flammen in Mustern bewegten und Schatten über den selbstgebastelten Mond glitten.

Ich bahnte mir den Weg nach draußen und stellte mich neben die große Doppeltür der Schule. Jungen vom Land standen dort draußen – die, die Stiefel und Jagdmützen mit Ohrklappen und zerrissene, schaffellgefütterte Lederjacken trugen. Einer von ihnen bot mir eine Zigarette an. Wir standen da und rauchten, und ich beobachtete sie. Was ergab Sinn? Dieser Augenblick war wirklich. Zu irgendeinem anderen Zeitpunkt könnten diese vier Jungen mich verhöhnen, wie sie oft Mädchen aus der Stadt drohend verhöhnten. Oder sie könnten mich angreifen. Warum war die Welt so und nicht so?

Ich stand da und atmete die kalte Luft, roch die klare, saubere Kälte. Die Jungen rempelten einander an, tranken aus einem Flachmann und gingen einer nach dem anderen langsam in die Dunkelheit. Sie gingen zu einem Pickup auf dem Parkplatz der High School, wo sie ohne Angst, entdeckt zu werden, trinken konnten. Ich sah sie gehen und starrte in die Dunkelheit vor mir, in die runde leere Auffahrt der Schule und auf den Highway dahinter.

Ein Mann kam schwankend aus dem Schnee auf mich zu.

Ich hatte keine Angst vor ihm; ich empfand Solidarität mit allen Ausgestoßenen. Ich sollte eigentlich nicht blutende Mädchen in Handtücher wickeln oder uns beide halbnackt in einen Schulflur schleppen, um Hilfe zu finden. Ich sollte nicht Zigaretten mit Jungen vom Land rauchen oder Zigaretten im Licht rauchen, wo jeder es sehen konnte, oder selbst in einem dünnen Trikot zitternd im Schnee stehen. Außerdem erkannte ich den Mann an seinen kräftigen breiten Schultern und seiner Körperhaltung. Er kam näher und blieb mir gegenüber stehen. Es war Katos Vater.

Shinner Black bewegte sich ein wenig im Zickzack in der Dunkelheit. Er stand mit gegrätschten Beinen und hätte langsam in einen der anmutigen Spagate sinken können, die ich drinnen gesehen hatte. »Ich kannte deine Mutter auf der High School«, sagte er zu mir.

Ich machte eine kleine Bewegung, trat zurück in den Schutz des Gebäudes. »Vielleicht lehnen Sie sich besser gegen die Wand hier«, sagte ich.

Er brachte seine Füße zusammen, stellte sich gerade hin und kam zwei Schritte näher. »Hast du mich gehört?« fragte er sanft.

Seine Stimme war melodisch. Obwohl die Trunkenheit wie ein Schleier über ihm lag, schien eine Frage in ihm zu arbeiten, und er sah mich aufmerksam an. Jetzt stand er im Licht, während hinter ihm der Schnee fiel, und ich sah in seinem Gesicht das glatte, überschattete Gesicht des Jungen in den Fotoalben meiner Mutter. Er spürte meine Überraschung und meine Nervosität; seine hellen Augen waren nicht klar auf mich gerichtet, aber merkwürdig wachsam, eher die Augen einer hypnotisierten Person als der trübe Blick eines Betrunkenen. Er forschte mit seinem entrückten Blick in meinem Gesicht, als suche er hinter meinen Zügen nach einem anderen Gesicht.

»Ich war Tom Harwins bester Freund«, sagte er. »Nach dem Sommer bin ich zur Armee gegangen.« Er starrte in den Schnee hinaus, ruckte dann mit dem Kopf, als sei ihm etwas eingefallen. »Du weißt, wen ich meine? Tom. Den Freund deiner Mutter, Tom und Jean.«

»Ja, ich weiß.«

Plötzlich kam er nahe heran, beugte sich vor, als falle er. Instinktiv streckte ich die Hände aus, um ihn aufzuhalten. Auf Armeslänge stützte er sich schwer gegen mich, seine Brust gegen meine Handflächen. Seine Jacke stand offen. Durch den dünnen Stoff seines Hemdes spürte ich die Wärme seiner Haut und die Schwingungen seiner Stimme.

»Du hättest diese Stadt damals sehen sollen«, sagte er und schaute auf den Boden. »In dem Jahr, bevor er starb, ging es uns wirklich gut. Alle waren im Krieg. Wir Jungs von der High School, wir waren die Männer der Stadt.«

Um mein Gleichgewicht zu halten, mußte ich mich leicht gegen ihn lehnen. »Mr. Black«, sagte ich. Über den Parkplatz sah ich, wie die Jungen aufhörten, ihren Flachmann herumzureichen, da standen und uns beobachteten.

»Ich hab's dann noch besser getroffen«, sagte Shinner Black. »Im Krieg, in Frankreich, sprachen sie noch nicht mal Englisch. Das war ein Scherz, den wir machten.«

Ich wartete, dann lächelte er und schien sein Gleichgewicht wiederzufinden. Er stellte sich hin, sein Gesicht ein paar Zentimeter vor meinem und legte mir die Hände auf die Schultern. Er hielt mich so fest, daß ich den Druck jedes einzelnen Fingers spürte. »Man kann in dieser Welt nicht leben«, sagte er. Seine Stimme war zornig und zärtlich; ich fühlte den stützenden, schraubstockähnlichen Griff seiner Hände und einen unbekannten, aufgeladenen Schwindel. Der Druck seines Griffs schien mich auf ihn zuzuheben, und ich wehrte mich nicht. Verwirrt bewegte ich die Hände und berührte versehentlich seinen warmen Hals. Wir standen ganz allein im Schnee, und der Raum, in dem wir standen, schien sich gemessen, unbeirrbar im Kreis zu drehen. Was draußen blieb – die Mauern des Gebäudes hinter uns, der weiße Boden und der Highway, der Parkplatz und die Jungen, die ein-, zweimal Shinners Namen riefen – wich zurück. Shinners Hände lockerten ihren festen Griff, und er hielt mich immer noch an sich. Wir standen bewegungslos.

Ich muß entsetzt ausgesehen haben. Die Jungen kamen auf uns zu; als sie nahe genug waren, um mein Gesicht zu sehen, fielen sie in einen hüpfenden Trott über den puderigen Rasen. Ihre dunklen Gestalten waren Umrisse in dem leisen Schnee. Irgend jemand stieß mir die Schulter ins Gesicht, als er sich zwischen Shinner und mich stellte; das kalte Leder seiner Jacke war gegen meine Augen gepreßt und roch nach Rauch. Die Jungen selbst rochen dreckig, merkwürdig süß, wie Urin, und der offene Flachmann war über irgendeinen Ärmel ausgelaufen. Plötzlich war die klare Kälte voller Bewegung. Die Jungen umringten Shinner, als wollten sie ihn beschützen, und begannen ihn wegzuziehen; einer trat schwer auf meine Füße und hinterließ seinen Stiefelabdruck auf meinen Turnschuhen. Von dem Gedränge ihrer großen Körper ausgeschlossen, begriff ich, daß sie Shinner retteten, nicht mich. »Es tut mir leid«, sagte ich zu niemand Bestimmtem. Shinner schaute nicht zurück, und die Jungen führten ihn schnell zu dem Pick-up. Einer von ihnen scheuchte mich gutmütig weg.

Als sie in den Schnee davonzogen, ein verwischtes Bild von Armen und breiten Rücken, sah ich den großen Pontiac meines Vaters in die halbmondförmige Auffahrt der Schule einbiegen. Das Auto geriet ins Schleudern, als er zu scharf bremste und rollte aus. Jenseits eines kleinen Meeres von Kälte, Nässe und Dunkelheit stand der weiße Wagen wie ein glänzendes Boot. Die Scheinwerfer warfen ihre langen Strahlen in die Schräge des fallenden Schnees. Der Schnee wurde allmählich zu Regen.

Mein Vater legte den Parkgang ein, während er die Tür öffnete und das Innenlicht anging. In diesem kleinen, erleuchteten Raum sah ich die vertraute Bewegung seiner Schultern, seiner Hände, die in Handschuhen steckten. Er stieß schnell die schwere Autotür auf und stand halb in der Einfahrt, eine Hand noch auf dem Steuer. Sein fragendes Gesicht war im Schatten, von unten fiel das trübe gelbliche Licht des Autos darauf.

Ich hob die Hand, um ihm zu bedeuten, daß alles in Ordnung war, daß ich hineinging, um meinen Mantel zu holen, aber er mißverstand es und kam zu mir herüber. Die Schnallen seiner Stiefel klimperten bei jedem Schritt, und der verlassene Pontiac brummte, die Schlüssel noch in der Zündung.

»Was zum Teufel ist hier los?« fragte mein Vater, als er mich erreichte.

»Nichts. Ich kam heraus, um ein bißchen Luft zu schnappen, und er war hier und redete mit sich selbst.«

»Wer war hier? Wer war das?« Mitch sah ihnen auf dem Parkplatz nach.

»Mr. Black, Katos Vater.«

»Du meinst Shinner Black?« Mein Vater schüttelte den Kopf, halb mitleidig. »Gott«, sagte er.
Ein Windstoß ließ prickelnden Schneeregen auf uns niederprasseln, und mein Vater zog den Hut tief ins Gesicht. Ich zitterte, aber mir war nicht kalt. Eine langsame Wärme war durch meinen Körper gezogen.
»Was machst du hier in der Kälte ohne etwas anzuhaben?« sagte Mitch. »Geh und hol deinen Mantel. Ich wart hier im Auto.«
Er zog die Schultern hoch und ging zurück in den Regen, während ich mich umdrehte und nach dem kalten Knauf der schweren Tür tastete. Sie ließ sich leicht aufdrücken, als würde sie von der gedrängten Wärme und den strahlenden Lichtern der Turnhalle von innen aufgezogen. Ich konnte Beifall hören; die Mädchen begannen mit den Kerzentänzen, und die Lautsprecheranlage knisterte statisch. Die Lichter gingen aus. Ich holte meinen Mantel aus dem Schließfach und sah von der Turnhallentür aus zu. Sie hatten sich zu Figuren aufgestellt, die Kerzen zweihundert Lichter im Dunkel, und aus Stereolautsprechern kam die Melodie: Blauer Mond, ich sah dich einsam stehen. Flammen kreisten und senkten sich, während der Scheinwerfer den Halbmond anstrahlte, den wir aus einem Laken ausgeschnitten und über einen Holzrahmen gespannt hatten. Die Wolken aus Silberfolie bewegten sich über zuverlässige Drähte und glitten langsam über das Angesicht des Mondes.

Montagmorgen stand ich an der Ecke bei unserem Haus und wartete auf den Schulbus. In der Tasche hatte ich einen Brief von Billy an Kato – Shinner würde ihn ihr schicken. Ich wollte nicht zur Schule gehen, und die Billardhalle würde jetzt leer sein. Abrupt drehte ich mich um und ging den Hügel hinunter in die Stadt. Es war ein heller Wintermorgen, Schnee taute zu Matsch. Ich konnte Wasser aus den Gossen in die Abflußkanäle der Straße fließen hören, ein Geräusch, das laut und nahe und frisch war. Die Luft fühlte sich an wie junger Frühling, als habe sich alles geleert, aufgehellt und erwärmt, weil Billy und Kato weg waren.

Ehe ich die Billardhalle erreichte, konnte ich Shinners Pickup davor geparkt sehen. Nun, da ich wußte, daß er da war, zögerte ich, aber ging weiter. Wenn ich die Nerven verlor, konnte ich einfach vorbeigehen, am Kino vorbei zur Hauptstraße. Aber ich überquerte die Straße, berührte das Chrom der Stoßstange am Chevy-Pickup und ging die Stufen zur Halle hinauf. Durch das große Vorderfenster sah ich Shinner an der Theke, er rauchte und schaute Hefte durch. Sein Ausdruck war ernst, und er sah aus wie die Verkörperung des Gewöhnlichen: ein Mann bei der Arbeit. Wenn ich ihn in demselben Zustand vorgefunden hätte, in dem er mir am Abend des Schneesturms begegnet war, eine Art Erscheinung, die alles andere auslöschte, hätte ich mich sicherer gefühlt. Ich klopfte an die Stahltür und hörte ihn herüberkommen. Die Tür öffnete sich.

»Ich bin Billys Schwester«, sagte ich, als würde er sich nicht erinnern.

Er trat zurück, um mich hineinzulassen. »Ist Billy gut weggekommen?«

»Ja. Gestern morgen.« Ich folgte ihm durch den großen Raum zur Theke. Die Halle war leer, auf den Tischen lagen Plastikdecken. Die Hefte waren Geschäftsbücher, voller Zahlen. Neben ihnen standen ein Aschenbecher voller Kippen und ein Styroporbecher mit Kaffee.

»Willst du einen Kaffee?« Er ging, ehe ich antworten konnte, hinter die Theke, schenkte ein und stellte einen dampfenden Becher vor mich. »Ich hab keine Milch, bloß diese Dinger.« Er schob mir einen Korb mit Sahne in einzelnen Plastikbehältern hin. »Halb-und-halb, ziemlich edel.«

»Ich hab etwas für Kato«, sagte ich schnell. »Ein Brief von Billy. Er sagte, Sie würden ihn ihr schicken.«

Er schüttelte den Kopf. »Noch nicht. Behalt ihn. In einer Woche oder so ruf ich dich an und geb dir die Adresse.«

Ich nickte. Wir saßen verlegen da, schauten auf die Becher und die dunkle Flüssigkeit darin.

»Tut mir leid wegen neulich Abend«, sagte er leise. »Tut mir leid, wenn ich dich erschreckt hab.«

»Das ist schon in Ordnung.« Ich wandte mich ihm zu. Er saß da und schaute mich einfach an, in seinem dunkelgrünen Flanellhemd mit der Zigarettenpackung in der Tasche. Seine Unterarme waren muskulös. Seine Züge waren kräftig und regelmäßig, aber er wirkte beinahe so alt wie mein Vater, gut aussehend und zerstört. Seine Hose war ein bißchen zu kurz, und er trug weiße Sportsocken und Turnschuhe. So wie er mich anschaute, sah ich jedes Detail an ihm.

»Ich hab Kato zu meiner Schwester geschickt«, sagte er. »Es ist gut, daß sie auseinander sind. Sie hat es getan, damit Billy nicht wegging, aber wenn er geblieben wär, was hätte ihr das gesagt?«

Ich war mir nicht sicher, deshalb gab ich keine Antwort.
»Alle so entsetzt«, sagte er, während er in den Raum sah, »als wüßten Kinder nicht genug, um es so ernst zu meinen. Mann, genau dann passiert es.« Er machte eine Pause. »Und sie hat es vor dir getan.«
Seine Stimme war voller Trauer. Wieder fragte ich mich, ob ich irgendwie schuldig sei. Sie hatte versucht, Billy zu beeinflussen, nicht mich; warum hatte sie es nicht vor ihm getan? Trotzdem, jetzt hatte sie Billy – er würde sie nicht hinter sich lassen, selbst wenn er es versuchte, nicht mehr, als meine Mutter über Tom Harwin hinweggekommen war. Und ich war Zeugin, mit ihr verbunden; die Grenzlinie, die ich zwischen mir und allem, was ich sah oder berührte, gedacht hatte, war weg. Alles war anders jetzt, größer, von einem Schatten umhüllt. Shinner Black schwieg, wartete, während meine Gedanken aneinanderstießen wie eine lange Reihe von Dominosteinen. Ich hatte ein Gefühl, als habe mein Blick sich verändert, als hätte ich die Dinge durch einen matten Filter gesehen, der jetzt zerfiel.
Shinner Black schob seine Hand über die Theke und berührte mein Handgelenk. »Es ist ein Gefühl, als sei die Welt untergegangen«, sagte er. »Aber ihr Kinder seid nicht wie wir. Ihr werdet nicht immer hier leben. Du bist schon so gut wie weg.«
Ich sah an ihm vorbei, auf die Wand hinter der Theke, und mein Blick fiel auf einen acht mal zehn Glanzabzug von Kato, das Photo, das letzten Sommer, als sie den Schönheitswettbewerb gewonnen hatte, in der Zeitung gewesen war. Schon jetzt war der Klebestreifen, der es am Putz festhielt, vergilbt.

Bess

Du mußt dir vorstellen: Das war vor sechzig, siebzig, achtzig Jahren, vor mehr Jahren, als den meisten Menschen in ihrer Lebenszeit zugebilligt wird. *Der Herr rette uns*, sagten wir immer – wir jüngeren – als Redewendung. Manchmal aus Spaß. Später sagte ich es im Ernst, in den langen Wintern, das Licht in den Zimmern so trüb und die Zimmer selbst wie Höhlen voller Schatten. In manchen Monaten wurden wir Kinder zuhause unterrichtet, weil Coalton mit dem Pferdewagen dreißig Minuten entfernt und der Schnee zu tief für die Räder war; die Verwehungen auf der Straße reichten bis an die Taille. Pa hatte zwar einen Schlitten, fuhr aber größere Strecken nur in Notfällen. Ein paarmal, bei einem Frosteinbruch, wurde der Schnee glänzend und fest, glitzerte, als sei ein Spiegel über der ganzen Oberfläche zerborsten. Pa markierte mit Stöcken einen Weg und packte uns in Pelze. Wir drehten Runden, die Kufen des Schlittens zogen hinter dem Haus und den kahlen Eichen einen Kreis. Das glöckchenverzierte Zaumzeug bimmelte, und hinter den Eichen waren rundherum Felder, die zum Wald hin sanft abfielen. Weiter draußen sei der Schnee stellenweise weich und würde uns ganz und gar aufschlucken, sagte Pa. Das war vielleicht nur eine Geschichte, obwohl wir auf genau diese Weise beinahe jeden Winter ein Tier verloren – Ziegen oder Schweine verirrten sich in einer Wehe, froren vollkommen ein, bis Tauwetter sie an den Tag brachte.

Seit er acht oder neun war, lenkte mein Bruder Warwick den Schlitten. Wir Schwestern saßen in Decken und das Bärenfell gehüllt zusammen, die Gesichter bis auf die Augen vermummt. Warwick saß vor uns mit der Peitsche und den Zügeln, ließ die Pferde schnell laufen, damit sie warm blieben. Pa folgte uns auf Schneeschuhen; gegen das Weiß, das fast wie ein Glasmeer mit Senken glitzerte, sah er aus wie ein schwerfälliger Troll. Der Kreis um das große Haus und das leere Gästehaus war vielleicht eine halbe Meile. Warwick pfiff und trieb die Pferde an, seine Stimme hoch, eine Kinderstimme, die entschwebte und gefror. Es war wie Fliegen, so den Wind zu zerschneiden, die Luft so kalt, daß wir nicht hineinsehen konnten.

Schließlich ließ Warwick uns an der großen Veranda, auf der sich Schnee türmte, aussteigen und fuhr dann den Schlitten in die Scheune, wo Pa ihn traf. Wir Schwestern gingen hinein zum Feuer, alle glänzend vor Kälte, und das Feuer wärmte uns, verwandelte uns eine nach der anderen in unser Winter-Ich, trüb in dem trüben Haus, die Fenster gegen die Kälte mit Läden dicht verschlossen, die Lampen warfen kleine Lichtkegel.

Unsere Eltern machten Witze über ihre zwei Familien, erst die sechs Söhne, einer nach dem anderen; dann einige Jahre später die vier Töchter, Warwick und mich. Noch eine Tochter nach dem Jungen sei ein schlechtes Zeichen, sagte Pa; es waren genug Kinder da. Ich war die letzte, jüngste der zwölf Hampsons und knapp dreizehn Monate jünger als Warwick. Weil wir so dicht hintereinander geboren waren, sagte Mam, müßten wir uns gegenseitig aufziehen.

Warwick, Ava und ich teilten ein Zimmer, die drei anderen Schwestern ein anderes. Im Winter wurde nur die große Küche wirklich geheizt. Es galt als gefährlich, in Kinderzimmern Holz- und Kohleöfen zu halten; wir schliefen unter Federbetten dicht beieinander. Ava war vier Jahre älter und oft angehalten, auf Warwick und mich aufzupassen. Sie sehnte sich nach der Gesellschaft der älteren Schwestern und war doch so etwas wie stolz auf ihre Verantwortung. Ich erinnere mich, daß sie uns mit Kreide auf einer Tafel ernst den Buchstaben *S* beibrachte. Ich konnte noch nicht einmal sprechen; sie brachte mir Zischen bei, zog dann eine Linie und änderte das *S* in eine *8*. *S*, *8*. Etwas flackerte um uns herum. Zweifelsohne war es das Feuer, an einem Winterabend angezündet, wenn die Dunkelheit so früh kam. Ich erinnere mich an kein Gesicht, aber ich sehe ihre Hand auf der Tafel neben der Zauberform. Diese langen Winter zwischen vier Wänden waren am Anfang nicht schlecht, aber in späteren Wochen kam eine merkwürdige Einsamkeit auf – gegen Ende der Kälte, in den letzten Wochen, ehe sie wich, war es selten, daß wir uns unterhielten oder laut lasen oder stritten oder spielten. Statt dessen lebten wir schweigend, taten bloß, was uns gesagt wurde, und warteten.

Wir konnten von unserem Haus aus keine andere Farm sehen, keine menschliche Behausung oder den Rauch eines Schornsteins; wir konnten die Ränder der Straßen nicht mehr sehen, sondern nur die Schneedecke, die weißen Felder und Berge dahinter. Die Berge waren von furchterregender Höhe; man konnte nicht sehen, wo der Himmel begann. Das Haus in seiner Weiße schien klein, fremd, als könnten wir zugedeckt werden und verschwinden; keiner würde es merken. Geräusche waren so gedämpft; bis auf den Wind. Man konnte von Taubheit phantasieren. In so einer Umgebung war die Macht der Heiligen Schrift groß, und wir hörten fast jeden Abend aus der Bibel. Dämmerung kam, weil das Tal tief lag, schon gegen drei oder vier am Nachmittag; die Welt, der Schnee schienen im Angesicht des Wortes zu fliegen. *Verrücke nicht die vorigen Grenzen, die deine Väter gemacht haben*; doch der Schnee fiel immer noch.

Die Winter machten mir angst, dabei hätte ich die Sommer fürchten sollen. Die Sommer, in denen das Haus groß und voll war, die Arbeit draußen getan wurde und deshalb gar nicht als Arbeit erschien, alles gemeinsam gemacht wurde. In den Sommern waren alle Männer zuhause, die Farm war überfüllt, voll Leben; es schien, als könne dann nichts schiefgehen.

Die sechs älteren Brüder waren alle mit sechzehn von zuhause weggegangen, um irgendwo Land zu kaufen und zu siedeln, wobei jeder erst einmal bei dem Bruder wohnte, der sich vor ihm niedergelassen hatte. Sie arbeiteten im Bergbau oder als Holzfäller, um ihre Farmen aufzubauen, und hielten Ausschau nach Frauen, die nicht schwächlich waren. Jedes Frühjahr kamen sie alle einmal nach Hause, um mit Pa den Garten zu bestellen, und die Schwestern redeten untereinander über jeden einzelnen. Die gutaussehenden Männer waren alle älter als die Mädchen und fern genug, um geheimnisvoll zu sein, und sie tauchten nur in dieser Woche alle zusammen ohne ihre Frauen auf, füllten nach dem langen stummen Winter das Haus und brauchten Stunden, um abends die großen Mahlzeiten zu essen, die die Schwestern nach Einbruch der Dunkelheit auftrugen.

Mittags übernahmen wir es abwechselnd, ihnen zu Pferd Wasser zu bringen, verkorkte Flaschen, die wir in dem kalten Bach gefüllt hatten. Wir saßen auf dem Pferd, und sie tranken zu unseren Knien. Jeder hatte eine Lieblingsschwester; sie waren ein wenig schüchtern, wenn sie mit der allein waren, die sie am liebsten mochten. Manchmal herrschte ein verlegenes Schweigen, während sie tranken. Es waren kräftige Männer; damals lebten sie alle noch. Sich an sie zu erinnern, wie sie kaltes Wasser tranken und schwitzten und blinzelnd gegen die Sonne in ein Gesicht schauten.

Bis Ende Juni hatten die Brüder ihre Familien gebracht, jeder eine Frau und mehrere Kinder. Alle Zimmer in dem großen Haus waren belegt, auch das Gästehaus, gefegt und geputzt. Platz war immer genug, weil jede Familie in zwei großen Zimmern lebte, eines für die Eltern und das jüngste Kind, das andere für die älteren Kinder, die zusammen schliefen, alle ohne Decke auf einer breiten, mit Maisstroh gefüllten Matratze. In diesen Häusern waren viele Kinder, fünfzehn, zwanzig, mehr. Ich spreche jetzt von dem Sommer, als ich zwölf war, dem Sommer, in dem Warwick krank wurde und sich alles änderte.

Er war fast vierzehn. Wir schliefen im großen Haus in unserem alten Zimmer, aber wählten Lieblingscousins, um den Platz mit ihnen zu teilen, weil die vier älteren Schwestern im Sommer ihre eigenen zwei Zimmer auf der Sonnenveranda hatten, offen für den Wind, der vom Fluß kam. Sie waren alle inzwischen junge Damen, und ich hatte wenig mit ihnen zu tun. Ava sagte mir, ich sei mehr ein Junge als ein Mädchen. Das war mir egal, die jüngeren Cousins wollten alle ausgewählt werden, weil unser Zimmer Erkerfenster hatte, sehr groß war und direkt über dem Wohnzimmer lag. Die riesige Eiche erhob sich so nah vor unserem Fenster, daß man nachts hinausklettern und auf den Ästen versteckt sitzen konnte. Erwachsene auf der Veranda waren von hoch oben anders, die Veranda war im Dunkeln erleuchtet, und Stühle knarrten, wenn die Männer sich zurücklehnten und schaukelten, murmelten, selbstgebrautes Bier tranken, das in Krügen im Keller kühl gehalten wurde.

Einmal spät nachts in jenem Sommer weckte mich Warwick, kniff mich durch mein Baumwollhemd in den Arm und hielt mir die Hand über den Mund. In seinem weißen Nachthemd bewegte er sich wie ein Schatten und bedeutete mir, ich solle ihm nach draußen folgen. Im Dunkeln konnte ich nur seine Kleider und nicht seinen Körper sehen. Warwick war schnell draußen, ich war langsamer, hockte noch auf dem Fensterbrett, während er sich zurechtsetzte und mich dann herüberhob, als ich, meine Füße auf seiner Brust und seinen Schultern, einen höheren Ast packte. Wir kletterten in die höchsten Äste, die neben dem dritten Stock des Hauses wuchsen, und saßen geschützt an einer Stelle, wo sich drei Äste gabelten. Warwick flüsterte, ich solle mich nicht rühren, hinter den Blättern bleiben, falls sie herausschauten. Wir waren vor Claudes Fenster und sahen in das schwach erleuchtete Zimmer.

Claude war der jüngste der älteren Brüder, und seine Frau war hochschwanger. Wie eine weiße Säule stand sie mitten im Zimmer. Ihr weißes Nachthemd hing weit wie ein Zelt um sie, und die Ärmel waren lang und glockig; sie stand, beide Hände gegen ihr Kreuz gepreßt, nach hinten gebeugt, als wolle sie das Gewicht vorne verringern. Dann sah ich Claude auf den Knien, dunkler als sie, weil er keine Kleider trug. Er berührte ihre Füße, und zuerst dachte ich, er wolle ihr helfen, die Schuhe auszuziehen, so wie ich abends den kleinen Kindern half. Doch er hatte nichts in den Händen und schob das dünne Hemd über ihre Knie, höher zu ihren Schenkeln, dann über ihre Hüften, während sie sich wegdrehte, dann aber innehielt und sich mehr auf ihn zu bewegte, nur den Stoff zusammengerafft hielt, um ihren Bauch zu verbergen. Sie drückte seinen Kopf von sich weg, das Hemd hinten in der Taille hochgezogen, und seine eine Hand dort, die versuchte sie zu halten. Dann führte er sie drei Schritte rückwärts zum Fußende des Bettes, und sie lehnte halb dagegen, die Knie ein wenig gebogen; er kniete sich nieder. Sein Gesicht war beinah unten an ihren Füßen, und sein Mund bewegte sich, als bisse er sie an ihren Beinen entlang. Sie hielt ihn mit den Händen gerade ein wenig von sich, und er berührte immer wieder den großen kugelförmigen Bauch, streichelte ihn lange und innig, wie man ein verschrecktes Tier streicheln würde. Plötzlich hielt er sie an den Knien fest und kippte ihren ganzen Körper nach hinten, drückte ihre Schenkel auseinander und preßte mit seinem Gesicht direkt gegen sie, aß an ihr: es sah verkehrt und schrecklich aus, wie eine große kauernde Katze, die an ihrer kleineren Mutter saugt – sie jetzt ganz hintenüber gebeugt mit beiden Händen über dem Mund.

Dann stand er schnell auf und drehte sie um, so daß sie mit dem Bauch gegen das aufgehäufte Bettzeug stand. Sie griff das Bettgestell mit beiden Händen, und als er ihre Hüften an sich zog, war sie von der Taille an vornüber gebeugt; nun waren ihre Hände beschäftigt, und er entblößte sie ganz, schob das Hemd bis zu ihren Schultern und vorn über ihre Brüste; der dünne Stoff verbarg Kopf und Gesicht, fiel sogar von den Schultern, so daß er über die Unterarme hing. Sie bestand nur aus nackten Kurven und Rundungen, war ohne Kopf und mit breiten Hüften, der angeschwollene Bauch unter ihr dick und bleich wie ein Mond; als sie so stand, sah sie sprachlos und animalisch aus wie unsere weiße Stute, ehe sie fohlte. Sie wimmerte die ganze Zeit über, und Claude betrachtete sie. Wir sahen ihn, er begann sehr langsam in sie zu dringen, neigte seinen Kopf und lauschte ... Da legte ich meine kühlen Hände über die Augen, hörte ihre Geräusche, bis Warwick meine Arme herunterzog und mich zwang hinzuschauen. Claude stand dicht hinter ihr, stieß in sie und zuckte, als könnte er nicht mehr aus ihr heraus, sie heulte einmal auf. Er ließ sie los, taumelnd; sie wankten aufs Bett, sie lag auf dem Rücken von ihm abgewandt mit dem zusammengeknüllten Hemd im Mund. Er zog sie an sich und nahm ihr den Stoff von den Lippen und wischte ihr das Gesicht ab.

Das waren vielleicht zwanzig Minuten eines Abends im Juli 1900. Ich sah Warwick an, als sähe ich ihn zum ersten Mal. Als er redete, war er so nah, daß ich die Worte deutlich unterschieden von der Abendbrise auf meiner Haut fühlen konnte. »Bist du froh, daß du's gesehen hast?« flüsterte er, sein Gesicht erschrocken.

Er hatte sie vom Baum aus seit mehreren Wochen beobachtet.

»Warwick, Warwick, bist du hier?«

Die dicke, breite Tür der Scheune schließt sich hinter

mir; drinnen ist es dunkler als morgens auf dem Feld, wo das Licht fast elfenbeinern wirkt, indirekt und noch diffus, früh. In der Scheune ist es fast olivfarben, mit Wärme ausgeschlagen und den Gerüchen von Tieren, die die ganze Nacht nah beieinander stehen. Kühle, die endlich mit der Morgendämmerung kam, ist gerade spürbar. Morgen, früher Morgen, da am Mittag in Coalton die Parade zum Unabhängigkeitstag beginnt und wir beide Pferde zu striegeln und zu bürsten haben.

»Warwick, hast du das Schmuckband? Ich hab den Satin mitgebracht, aber das andere war nicht mehr im Nähkasten.«

Er sagt: »Ich hab das gerippte Band da, im Korb.«

Jetzt höre ich Mags und Race in den letzten Boxen hinten am Ende schnauben, und dort ist Warwick. Ich sehe die Kämme, den silbernen Glanz in seinen Händen nicht, aber höre ihre Zinken an den langen Hälsen der Pferde und sehe Warwick. Beide Arme bewegen sich fließend und regelmäßig wie in einem entschlossenen Tanz, nur daß sein Körper sich nicht bewegt, bloß da steht, während die Arme streichelnd erhoben bleiben. Er beobachtet seine Hände, die Kämme, und die Pferde wiehern, weil ich näher komme und sie Äpfel riechen.

»Ava macht die Wimpel für die Kutsche«, erzähle ich ihm.

Die Äpfel sind in meiner Schürze und ich greife nach ihnen, ohne hinzugucken; sie sind hart und klein und süß; die Pferde drängeln und senken ihre langen Köpfe, um mit den samtigen Lippen, die keine Nässe hinterlassen, meine Handfläche zu betasten. Man hört das Zerbersten der Äpfel und das schwere Atmen von Pferden. Warwick tritt zurück. Da liegen die Kämme in seinen Handflächen, ihre Lederriemen über seinen Handrükken.

»Sind die anderen schon wach?« fragt er.

»Ja, kochen für das Picknick. Wo hast du geschlafen?«

»Hier draußen.«

Er berührt seine Schulter mit der Kante seines Handgelenks, und sein Gesicht ist immer noch im Halbschatten. Während er redet, gewöhnen meine Augen sich an die Dunkelheit, und ich sehe seinen Mund, den Umriß des Kiefers. Er hat ein dünnes, schmales Gesicht, das sensibel und voller Bewegung ist; schon jetzt ist er einen Kopf größer als ich.

»Du wolltest sie ja nicht beobachten«, sagt er. »Ich hab dich da reingezogen. Du wirst es doch keinem erzählen?«

»Nein. Aber wenn du sie wieder beobachtest, will ich es nicht wissen.«

»Ich werd sie nicht mehr beobachten. Hier, nimm erst das gerippte Band. Du machst Mags.«

Er legt die Kämme hin, wo sie im Stroh glitzern, und wir stellen den Korb mit den Bändern zwischen uns, an die Box gelehnt. Die Pferde stehen ganz still, beinahe schläfrig, während wir sie berühren. Unsere Finger in ihren langen Mähnen flechten das struppige Haar, das Haar grob und kühl und tot gegen die Wärme ihrer breiten Hälse. In der Stille hat man das Gefühl, die Pferde seien groß und menschlich, die harten Köpfe dicht an unsere Schultern gepreßt.

»Erinnerst du dich, wie Claude geheiratet hat?« sagt Warwick.

Seine Hände sind schneller, er knüpft das rote Band in jede Flechte und zieht nach jedem Stück dünne Bänder, rote, blaue, quer dazu ein, um die Flechten fester zusammenzuziehen. Mags und Race halten still, verlagern nur ihr Gewicht und bewegen ihre Hinterbeine, um da zu stehen, wo mehr Stroh liegt.
»Ich erinnere mich, wir fuhren alle mit dem Zug nach Bluefield runter. War es vor zwei Jahren?«
»Bei ihr war was unterwegs. Damals bei der Hochzeit.«
»Woher willst du das wissen?«
»Claude hat's mir gesagt. Er sagte, daß es so war, und er habe es ihr wiedergutgemacht und bedaure es nicht. Sie verlor das Baby ganz früh und fühlte sich schlecht, als habe er sie jetzt grundlos geheiratet – aber Claude sagte, er hätte es sowieso getan, geheiratet, weil er ihr erster war.«
»Ihr erster?«
»Ja, er wußte, daß er das war. Er war ihr erster, und dem gehört eine Frau, ob sie später bei ihm bleibt oder nicht.«
»Das glaub ich dir nicht, Warwick. Was ist dann mit dem Jones-Mädchen, das letztes Jahr von diesem Landstreicher verletzt wurde?«
Er berührt Race unter ihrer Mähne, zieht eine Strähne des groben Haars gerade.
»Na?« frage ich ihn.
»Der Landstreicher wurde gelyncht, nicht? Wenn das Mädchen selbst ein Landstreicher gewesen wäre, hätte man den Mann laufen lassen oder ins Gefängnis gesperrt. Aber sie war jung und ihr Vater tot, und ihre Brüder waren noch klein, deshalb trafen sich die Männer von Coalton und spürten den Mann auf.«

»Aber der Landstreicher kann sie nicht besitzen, wenn er tot ist. Wer besitzt sie dann?«

Warwick ist einen Augenblick still in dem dämmerigen Licht, nur seine Hände bewegen sich, und der Korb zwischen uns ist beinahe leer. Der Strohboden sieht in dem Halbdunkel weiß aus.

»Ich weiß es nicht«, sagt er. »Ich schätze, sie ist so eine Art Waise.«

Das Satinband liegt zu einem Knäuel aufgewickelt unter dem gerippten Band, glatt und seidig neben dem genoppten dunkleren Rot – als ich es aufrolle, spüre ich, wie der Korb verrutscht und beinahe umfällt. Warwick fängt ihn auf und kniet sich neben mich, um ihn mit einer Hand festzuhalten.

»Aber eine Frau gehört zu ihrem ersten Mann, und das ist die Wahrheit«, sagt er.

»Ich glaub, es ist eine Lüge.«

»Wie meinst du das?«

»Ich weiß es, ich weiß, daß es eine ist.«

»Woher willst du das wissen?«

»Ich fühl es, ich bin mir sicher.«

»Du fühlst es, weil du es nicht weißt.«

Auf alten Photos von Coalton an jenem 4. Juli sieht die Stadt armselig und verschwommen aus. Das Blau des Himmels zeigt sich nicht auf den Schwarz-Weiß-Aufnahmen, auch nicht die Farben der wimpelgeschmückten Häuser und der Fahnen, der Kleider der herausgeputzten Menge. Die hölzernen Bürgersteige an den beiden Hauptstraßen waren breit und erhöht; an diesem Tag saßen die Leute wie auf niedrigen Bänken darauf, die Füße auf der staubigen Straße, und warteten auf die

Parade. Als ein Photograph von einem nahegelegenen Hügel aus Photos von der ganzen Szene machte, wurden wir alle gebeten, stillzuhalten. Die Leute saßen wirklich ziemlich still oder stellten sich in Pose, manche in Fenstern des alten Hotels. Mit einem Gottesdienst wurde dann das neue Jahrhundert gesegnet, und das Blasorchester versammelte sich. Die Parade formierte sich außer Sichtweite am Fluß, und die meisten Stadtbewohner, die geschmückte Kutschen lenkten, waren schon hingefahren – Warwick war auch dort, mit Claude und Pa und ein paar der jüngeren Cousins. Es würde eine große Parade sein; wir hatten gehört, ortsansässige Kaufleute hätten eine Zirkustruppe angeheuert, die in Bellington Station machte. Ich lief den Hügel hinauf, um zu sehen, ob ich sie irgendwo entdecken könnte; Mam rief, daß ich zurückkommen solle, und meine Schuhe waren bis zu den Knöcheln blond von Staub. Unter mir brach die Menge in Hochrufe aus. Die mit Bändern geschmückten Pferde tänzelten vor Angst und schlugen aus, rissen an den Zügeln, die um tief hängende Äste geschlungen waren, und ließen die Blätter zittern. Vom Hügel oben sah ich im Wald Staub aufsteigen und hörte das Krachen von etwas Zertrampeltem. Es waren fünf Elefanten, sie kamen unter den Bäumen entlang der Straße hervor, und der Dompteur saß auf dem massiven Kopfschmuck des ersten. Er saß in einer Art purpurnem Sessel, schaukelte mit dem schwerfälligen Schwanken des Kopfes hin und her. Der Dompteur trug eine rote Kappe und Jacke; er hatte ein dunkles und glattes Gesicht und hielt einen Jungen an sich gedrückt. Der Junge winkte mir zu, und es war Warwick; ich lief näher heran, und der Dompteur schlug mit seinem Stock auf die Schultern des Elefanten, während der schlangenartige Rüssel des Tiers, ganz lebendig, kleine Büsche ausriß. Warwick winkte; ich konnte ihn sehen und rannte, immer den Männern ausweichend, bis ich ihn einholte. Die Erde dröhnte, und das Tier war groß wie eine atmende Mauer, seine schrundige Seite mit Schmutz und Stroh verkrustet. Die Haut hing lose, über die Glieder drapiert wie von vielen Falten durchzogenes Sackleinen. Weit, weit oben sah ich Warwicks Gesicht; ich schrie, schrie, daß sie anhalten sollten, anhalten und mich hochnehmen, aber sie gingen einfach weiter. Während die Elefanten vorbeizogen, wirbelte Staub auf und Bänder und Hüte, das Weiß der Sommerröcke wogte und bauschte sich auf. Der Jubel war ein großes Geräusch unter den Bäumen, und Vögel flogen wild auf. Coalton war ein Meer gelben Staubs, die Fahnen peitschten im Wind, und die zwischen den Gebäuden aufgespannten Spruchbänder rissen und flatterten.

Warwick setzte es sich in den Kopf, Seiltänzer zu werden, und keiner konnte ihn davon abbringen. Da unser Pa von solchen Dummheiten nichts hören wollte, machte Warwick sich jeden Morgen zum Bach davon und übte dort insgeheim. Er stellte mehrere Scheunendielen mit der Schmalseite nach unten auf den Boden, von genagelten Stützen gehalten, so daß er auf dem Rand entlang gehen konnte. Erst drei Bretter, dann zwei, dann eins. Er ging barfuß, seine langen Zehen gestreckt, und um das Gleichgewicht zu halten, wiegte er eine Angelrute aus Bambus auf den Armen. Ich folgte ihm leise, wenn ich sah, daß er sich in den Wald davonstahl. Dreißig Meter vom Bachbett entfernt, sah ich durch dichtes Sommerlaub meinen Bruder wie durch Zauberei gerade oberhalb des Horizonts entlang torkeln; dichtes Efeu verbarg die Ränder der Bretter und ließ ihn wie einen hampeligen Zauberer erscheinen. Oft ging er nackt, weil die Hitze brannte und seine Hosen, die geerbt und zu groß waren, vorsichtige Bewegungen behinderten. Er ging parallel zum Bach und rutschte oft ab. Regelmäßig verlor er den Mut und sprang fluchend in das schlammige Wasser. Der Boden des Baches war an der Stelle weicher Schlamm und das Wasser vielleicht eineinhalb Meter tief; wie ein Seehund ließ er sich mit dem Bauch nach oben treiben und kroch dann schlammbeschmiert am Ufer hoch, um von vorne zu beginnen. Ich stand zwischen den Blättern. Er war hochgewachsen und damals noch wie ein Füllen, fast am ganzen Körper dunkel von der Sonne, mit langen Muskeln; seine Beine sahen stramm und stark und ein bißchen zu lang für ihn aus, seine Hinterbacken waren fest und weiß. Es war nicht seine Nacktheit, die mich bewegte, versteckt zu bleiben, kaum atmend, damit er nicht das Knacken eines Zweiges hörte und mich entdeckte – es war die Art, mit der er den langen gelben Stab berührte. Erst hielt er ihn nah an sich, dann öffnete er die Arme sanft, während der Stab über seine flachen, unbeweglichen Handgelenke auf die Hände rollte; noch eine Bewegung, höher, und der Stab balancierte wie eine sichtbare dünne Linie auf den Fingerspitzen. Er vibrierte, als erzittere er unter einem Klang. Dann ergriff er ihn leicht, und der Stab kippte mit einer halben Drehung in die Horizontale; sechs, sieben, acht schnelle Blitze, hartes und schnelles Wenden, Pfeifen von Luft, Klatschen von leichtem Holz gegen seine Handflächen. Nun hob der Stab sich, hing den Bruchteil einer Sekunde in der Luft und stand plötzlich, das erdgewandte Ende bewegte sich mit Warwicks Handfläche hin und her. Er bewegte sich, den Himmel und die ein Meter achtzig lange, bebende gelbe Nadel beobachtend. In genau diesem Augenblick blieb die Erde stehen, die Bäume standen still, Warwick in Bewegung, und dann, wenn der Stab in schwungvollem Bogen ins Wasser stürzte, folgte er mit einem seitlichen Hechtsprung. Während er untertauchte, nichts hören konnte, berauscht in dem olivfarbenen Wasser, lief ich schnell und leise zurück zum Haus, durch Wald und Kletterpflanzen zur Lichtung, zur Wiese, zu den eingezäunten Grenzen des hochbewachsenen Hofes, zum Haus, zur Scheune, wo es schattig und kühl war und ich auf dem Heuboden sitzen konnte, um mich zu erinnern, wie sein Gesicht und der gelbe Stab zum Leben erwacht waren. Um sein Ende in der Luft zu sehen, mußte man direkt in die Sonne schauen, und die Sonne war eine blinde weiße Brandwunde, die der Stab berühren konnte. Als steche Warwick heimlich in die Sonne und als wäre sein ganzer Körper so etwas wie ein Gebet, auch ein böses.

An dem Abend sah ich, wie unsere Mutter seine Füße im Schoß hielt. Sie führte die kalte Spitze ihrer stählernen Stopfnadel auf und ab, auf und ab über sein Fleisch und zog ihm, ohne wehzutun, die Splitter aus der Haut. Ich stand mit einer Lampe versteckt an der Verandatür; hinter dem gefilterten Lichtkegel dicht vor meinem Gesicht sah ich meinen Bruder, meine Mutter, zwei unförmige Gestalten in hellen Kleidern, die sich bewegten, und hinter ihnen die verkürzten Dielen der Veranda, in einem abgestuften Dunkel schattiert. Die Verandasäulen verschwanden an dem einen ihrer dicken Enden unter dem überhängenden Dach. Kurzes Gras im Hof wellte sich wie ein Teppich bis zum Zaun, die Pflöcke am Feldrand taillenhoch und verschwommen. Da draußen bellten die Hunde in langgezogenen Heulern, suchten in der Nähe des Bachs nach Waschbären, solange die Dämmerung anhielt. Die Hunde zogen in einer Meute, die Augen in dem hohen scharfen Gras zusammengekniffen, beinahe geschlossen.

Der Himmel in jenen Sommernächten war wie die helle Innenseite einer umgestülpten blauen Schüssel, blau und länger hell als die Erde oder die Felder hell waren. Glühwürmchen blinkten in dem hohen schwarzen Gras, während es noch beinahe Tag war. Ganz in der Nähe weinten Grillen schrill unter dem Haus, Katzen schlichen vorbei, auf der Jagd; Warwick nannte unsere Mutter »Mam«, und sie berührte schweigend seine Füße. Warwick sah weg über den Hof. Wiesen hatten Begrenzungen verloren. Leichter Wind bewegte die ganze träge Fläche wie tiefes Wasser und verursachte ein Geräusch, ein tief und vollendet angestimmtes Seufzen – ich stand mit der Lampe in der Hand und meinte, das Haus bewegte sich unter meinen Füßen, schlingerte und schlitterte mit einem Knarren wie ein Schiff, so, als wären wir alle auf See. Dann flackerte der Docht in der Lampe auf, die Flamme schlug hoch im Zylinder. Wie in Erwiderung murmelte der Wind hinter dem Weizen und den Wiesen, weit draußen im Wald. Mam und Warwick saßen still, die Köpfe erhoben, und lauschten.

Plötzlich schämte ich mich und blies das Licht aus, damit sie nicht merkten, daß ich sie beobachtete. Ich schlug die Augen nieder und starrte auf meine Füße, bis ich ihre weißen Formen deutlich auf dem Boden sah. Als ich wieder hinschaute, hatte Mam ihm den Rücken zugewandt. Er saß gegen die breite Verandasäule gelehnt, die langen Beine ausgestreckt, so daß er ihren Rücken mit den Füßen abstützte, und dann bewegte er sich, langsam, einen Fuß flach gegen das untere Ende ihrer Wirbelsäule, den anderen darüber, der beinahe ihre Schulterblätter berührte; und er winkelte die Knie an und schaukelte sie, beide schweigend; er fing ihr ganzes Gewicht auf und schaukelte sie mit den Beinen, als wäre sie in ihren langen weiten Röcken ein großer stummer Gegenstand. All dies lautlos bis auf das Knarren von Dielen, wenn ihr Gewicht sich verlagerte.

Eigensinnig wie ein Teufelsbote, nannte sie ihn, aber sie hatte für ihre männlichen Kinder eine besondere Vorliebe, und Warwick war der jüngste von ihnen. Ungehorsam duldete sie von keinem außer ihm; er war immer wild und hatte seltsame Ideen. Er war so geboren und auch durch seine Stellung in der Familie ermutigt; der vorletzte von zwölfen, von den älteren Brüdern meist übersehen und über Schwestern in seinem Alter leicht Sieger. Er war ein Spaßmacher und ersparte sich durch eine witzige Bemerkung im rechten Augenblick manche Ohrfeige oder Tracht Prügel. Es machte ihm ohnehin nichts aus, geschlagen zu werden, und er änderte sein Benehmen nie wegen einer Strafe. *Errette meine Seele vom Schwert*, lasen wir während der Sommerlektion, Warwick schleppend und wütend, weil er in der warmen Küche sein mußte, *mein Einziges von den Hunden*. Seine Augen hatten lange Wimpern und waren schmal und gelblich braun, von glänzenden kupferfarbenen Strichen aufgehellt; er schielte von der Seite zu mir herüber und berührte Malantha, die dicke Hündin, mit den Füßen, schob sie heimlich unter dem Tisch zu mir hin, so daß sie wach wurde und gähnte, mein ganzer Fuß naß in ihrem großen Hängemaul.

Natürlich entdeckte er mich eines Tages, als ich ihn beim Üben beobachtete, und wußte sofort, daß ich ihn bereits die ganze Zeit beobachtet hatte; inzwischen lief er tatsächlich schon über ein dickes Seil, das er ungefähr ein Meter achtzig über dem Boden zwischen zwei Bäume gespannt hatte. Eine Woche lang war er nur bis zur Mitte gegangen, weil er das Seil nicht so spannen konnte, daß es nicht durchhing, und um ganz hinüberzugehen, brauchte er Gleichgewicht auf der Schräge nach oben. An dem Tag schaffte er es; ich glaube, er schaffte es nur das eine Mal, die ganze Strecke. Ich gab keinen Laut von mir, aber als er dort oben in der Schwebe über mir stand, fiel sein Blick auf mein Gesicht; ich kniete im Schutz des Waldes und beobachtete ihn, so wie er selbst mir beigebracht hatte, zu beobachten. Vielleicht erklärt das seinen Zorn – ich sehe immer noch, immer wieder, wie Warwick vom Seil springt, die Knie beim Aufprall gebeugt, während Staub seine Füße umwölkt, er aber nicht aus dem Gleichgewicht, nicht aus dem Schritt kommt und auf mich zustürzt. Seine Arme sind immer noch ausgebreitet, die Handflächen nach unten, als wollte er sich in der Luft abstützen, und dann höre ich ihn eher als daß ich ihn sehe, denn ich renne, entsetzt – flehend seinen Namen durch den Wald schreiend, während er mich verfolgt, immer noch wild vor Wut, wie ich nie zuvor jemand gesehen hatte. Dann bekam ich beinahe keine Luft mehr und kreischte nur noch, stolperte –

Es stimmt, ich führte ihn zu dem Dickicht, aber ich hatte keine Ahnung, wohin ich lief. Wir gingen nie dorthin, weil es in der Nähe eines felsigen Geländes lag, in dem Mokassinschlangen brüteten, und weil es nicht wirklich ein Dickicht war, sondern ein kleiner Apfelgarten, der krank geworden und schon lange abgestorben war. Die Bäume waren merkwürdig verkrüppelt und geborsten, und der Boden dick mit Kletterpflanzen bewachsen. Gerade als Warwick mich packte, fiel mein Blick auf die Reihen der kleinen toten Bäume, dann waren wir am Boden, wälzten uns im Kampf. Ich kämpfte im Ernst mit ihm und kratzte seine Augen; vom Rennen durch das Dornengestrüpp war er bereits ganz von kleinen Schnitten bedeckt. Dies erklärt zum Teil, warum er so schnell vergiftet war, aber daß sich die Infektion so schnell ausbreitete, hing mit seinem Blut zusammen. Heutzutage würde man ihn als hoch allergisch diagnostizieren und ihm Antibiotika geben; damals wußten wir nichts von solchen Mitteln. Die Kranken wurden noch zur Ader gelassen. In der Woche, in der er am schlimmsten krank war, wurde Warwick zweimal täglich zur Ader gelassen, in eine Schüssel. Der Arzt stellte die richtige Überlegung an, das Gift wirke immer stärker und mache das Blut des Patienten toxisch.

Später sagte Warwick mir, wenn ich nur aufgehört hätte zu schreien – jetzt scheint diese Jagd eine genauso komische wie alptraumhafte Vorstellung; er war nur ein nackter wütender Junge. Aber die Veränderung, die ich in seinem Gesicht sah in dem Augenblick, als er mich entdeckte, nahm alles vorweg. Was immer wir von da an taten, war ein Fluchtversuch vor der Gewißheit der Zukunft.

»Warwick? Warwick?«
Die schmale Sonnenveranda ist ganz aus Fenstern, bis auf die Hauswand. Er schläft wie eine Puppe, eine in einem gesponnenen Kokon aus Gaze eingewickelte Larve, die sich nie umdreht. Seine Beine nässen in den losen Verbänden, er riecht nach klarer, aus Wunden ausgelaufener Flüssigkeit. Die Wundflüssigkeit ist so klar wie Tränen, klar wie Schweiß, doch klebrig an meinen Händen, während mein Schweiß nie klebt, sondern von meiner Stirn auf seinen flachen Bauch tropft, wo er wie Salz beißt, sagt er.
»Warwick! Mam sagt, ich soll dich jetzt umdrehen.«
Ich berühre die breiten Gazestreifen im Dunkeln. Seine Fesseln liegen aufgestützt auf Stoffballen, so daß Luft an seine Beine kommt und die Blasen verschorfen, wenn sie aufgeplatzt und ausgenäßt sind. Die losen Gazestreifen sind feucht, wenn ich sie abwickele, nur noch ganz schwach feucht; nun glauben wir nicht mehr, daß er stirbt.
Er sagt: »Schlafen sie drinnen alle?«
»Ja. Bloß mich hat Mam geweckt.«
»Kannst du nicht die Fenster aufmachen? Hört das mit den Fliegen bei Tau nicht auf?«
»Ja, aber die Mücken. Ich kann das Netz herunterlassen, aber dann hast du wieder diesen Traum.«

»Laß es herunter, aber komm mit herein, dann bleib ich wach.«
»Das sollst du nicht, du sollst schlafen.«
Das Netz über ihm ist ein Baldachin, der auf eine Leine aufgezogen ist. Rundherum ist es hochgerollt und mit Kordel zusammengebunden wie eine Bettrolle. Es schwebt im Dunkeln über ihm wie eine Wolke in der Form des Betts. Seit der Verband von den Augen ab ist, lassen wir es die ganze Zeit hochgerollt; er sagt, da durch zu schauen lasse jeden wie ein Gespenst aussehen und bringe ihn dazu zu glauben, er sei immer noch blind. Vorher merkte er den Unterschied nicht, und das Netz war unten und das Zimmer kühler, die Brise durch die offenen Fenster ließ ihn schneller gesund werden. Das galt für die Nacht. Tagsüber, sagte der Arzt uns, sollten wir die Fenster zu lassen, damit die Sonne durch die Glasscheiben strömte, die Blasen und den neuen Ausschlag austrocknete. Es war so heiß, daß Ava sich hinstellte und Warwick mit Mams großem Palmenfächer fächelte, während ich die einzige war, die ihn berühren durfte, weil mich Gift nicht ansteckt.
Nun stehe ich auf einem Stuhl, um an die zusammengeknoteten Kordeln zu kommen, ertaste sie, dann fällt das Netz wie ein Rock um ihn herab.
»Geht's so, Warwick, siehst du mich? Ich muß nur noch die Fenster aufmachen.«
Ich zieh die Haken heraus, und rund um die Sonnenveranda schwingen Fenster nach außen. Die Kühle kommt herein, der Fliederduft, und nun muß ich mich im Dunkeln bewegen, weil Mam sagt, ich darf die Lampe nicht benutzen, kein Kerosin in der Nähe des Netzes.

»Jetzt kann ich dich besser sehen«, sagt er vom Bett.
Ich kann die Schatten erkennen, die Umrisse des Betts, des Medizintisches, des Stuhls neben ihm, auf dem ich die ersten Nächte schlief, nachdem wir ihn auf die Sonnenveranda gelegt hatten. Der Arzt sagte, so ein Gift habe er noch nie gesehen. Warwicks Augen waren zugeschwollen, seine Beine zu dick für Hosen, seine Fußsohlen sonderten in einem stetigen Strom Flüssigkeit ab, als hätte jemand sie mit einer Schere zerschnitten. Mam war Tag und Nacht bei ihm, bis ihre Hände Ausschlag bekamen und anschwollen; dann blieb nur ich, die ihn in Verbände wickelte, die Mam mit Handschuhen geschnitten und gerollt hatte.
»Laß mich das Rosenwasser holen«, flüstere ich.
Im Zelt setzt er sich auf, um Platz zu machen. Ich halte die Schale mit Rosenwasser und den Waschlappen, krieche herein, und es ist, als säße man geduckt in hohen Feldern versteckt, außer daß es noch nicht einmal Himmel gibt, überhaupt keine Öffnung.
»Es ist wie in einem Sarg, genau so«, hatte er gesagt, als er wieder sprechen konnte.
»Ein Sarg ist lang und dünn«, sagte ich zu ihm, »mit einem Deckel.«
»Meiner hat eine Decke«, sagte Warwick.
Drinnen ist alles sauber und weiß und trocken; jeden Tag wechseln wir das weiße Laken unter ihm, und zudecken darf er sich nicht. Er sitzt aufrecht – ich kann ihn im Dunkeln immer noch nicht sehen, sogar das Netz sieht schwarz aus, also finde ich ihn, Hand Stirn Nase Kehle.
»Kannst du mich nicht sehen? Der Mond scheint, ich kann dich gut sehen.«

»Dann hast du dich in eine Fledermaus verwandelt. Ich werd gleich sehen können, in der Küche war es so hell.«

»Mam?«

»Mam und drei Lampen. Mitten in der Nacht rollt sie Verbände. Sie schläft nicht, wenn du nicht schläfst.«

»Ich kann nicht schlafen.«

»Ich weiß.«

Er schläft nur tagsüber, wenn er hören kann, wie Leute Geräusche machen. Nachts wacht er auf in der Stille, in dem engen schwarzen Raum, in Verbänden unter dem Zelt. Eine Zeitlang, als der Arzt ihn zur Ader ließ, war er zu schwach, jemanden zu rufen.

Er sagt: »Ich brauch die Verbände nicht mehr lange.«

»Noch ein Weilchen«, sage ich zu ihm.«

»Ich sollte aufstehen und rumlaufen. Ich frag mich, ob ich überhaupt laufen kann, so wie ich mich vorher gefragt hab, ob ich sehen kann.«

»Natürlich kannst du laufen, du bist nur zwei Wochen im Bett gewesen, und vorher ein paar Tage oben – «

»Ich erinner mich nicht, wann sie mich hierher gelegt haben, also ist's doch so, als wär ich schon immer hier.«

Pa und Dennis und Claude und Mam hatten ihn heruntergebracht. Alle trugen Handschuhe und hatten die Unterarme in Gaze gewickelt, die ich ihnen später abnahm und im Holzofen verbrannte.

»Gar nicht immer. Du hast im Fieber oft tief geschlafen, du erinnerst dich nicht richtig.«

Ich beginne bei seinen Füßen, die beinahe geheilt sind, mit dem Schwamm und kühlen Wasser. Wasser nahmen wir aus dem Regenfaß und parfümierten es mit

zerpflückten Rosen, die Blütenblätter mit einem Mörser zerstampft und durchgeseiht, da der Arzt sagte, wir sollten keine Seife benutzen.
In der schlimmsten Woche badete ich ihn nachts, damit er keine Angst bekam alleine. Er war im Delirium und wußte nicht, wann er schlief oder wach lag. Wenn ich ihn mit dem Waschlappen berührte, kam so ein Gewisper von ihm, solche Laute von innen; es waren nicht einmal Worte, aber sie hatten einen Tonfall wie Sätze. Wenn er sie mir zuflüsterte, machte es mir nichts aus; ich hatte keine Angst, aber dann stieg eines Mittags das Fieber am höchsten, und das Zimmer selbst war wie ein Ofen – er schrie und schrie –, Mam ließ jeden beten, sogar die Männer wurden von der Feldarbeit zurückgerufen. Satan war in Warwick gefahren. Das ist nicht Gottes Sprache, sagte sie, Satan versucht ihn zu holen. Sie schrie lauter als Warwick, als könnte er sie vielleicht hören, wenn sie den Teufel niederschrie: *Er hat nicht Lust an der Stärke des Rosses, er hat nicht Gefallen an eines Mannes Schenkeln. Der Herr hat Gefallen an denen, die ihn fürchten ... Ihn fürchten!*
Ich rieb Warwick mit Alkohol ein, um den Schweiß abzutupfen, er war naß und roch nach Gift, seine Beine, Arme, Augen waren eingewickelt und Hände und Beine angebunden, damit er nicht um sich schlug und seine wunde Haut zum Bluten brachte – ich hatte schreckliche Angst dort in dem heißen engen Raum, die Sonne in den Fenstern entsetzlich hell. Stimmen in der Küche, auf der anderen Seite der Wand. *Du hast ihn eine kleine Zeit niedriger sein lassen denn die Engel ... mit Preis und Ehre hast du ihn gekrönt*, schrie Mama, und Warwick in der Dunkelheit seines geheimen Orts,

rings um ihn herum wie schwarzes, im Dunkel kochendes Wasser. Ich konnte ihn entschwinden sehen wie etwas, das in ein Loch hinuntergezogen wird, wie Feuer, das in einen Spalt gedrückt wird. Wenn er sie beten hören konnte; wenn er diese Hitze und die Hitze seines Fiebers empfinden konnte, blind, wie er damals in den Verbänden war, und eingebunden, wenn er noch denken konnte, dann mußte er denken, er sei in der Hölle. Ich goß den Alkohol über ihn, und das Wasser aus der Schüssel, ich war gerade dicht über sein Gesicht gebeugt, als er aufhörte zu phantasieren, und ich dachte, er sei gestorben. Er sagte ein Wort.

»Bessie«, sagte er.

Bless me, verstand ich. Ich kniete da mit dem Mund an seinem Ohr, in dem Schweiß, in dem schrecklichen Gestank des Gifts. »Warwick!« sagte ich. Er war da, zögernd und schwach, ein Junge, der aufwachte, nachdem er drei Tage in der Finsternis geschlafen hatte. »Bleib hier, Warwick, Warwick!«

Ich hörte ihn das Wort noch mal sagen, und es war mein Name, ganz deutlich.

»Bessie«, sagte er.

Also antwortete ich ihm. »Ja, ich bin hier. Bleib hier.«

Später erzählte er mir, er habe hundert Jahre geschlafen, verschluckt von einem riesigen schwarzen Bauch wie Jonas, keine Zeit mehr, kein Gefühl, nur noch merkwürdige Träume ohne Bilder. Er hatte gedacht, er sei tot, sagte er, und in dem Augenblick, in dem er zurückkam, sagte er das einzige Wort, an das er sich in der Dunkelheit erinnert hatte.

Sechzehn Jahre später, als er tatsächlich starb, im Bergwerk – sagte er da wieder ein Wort, sagte er das Wort? Versuchte er zurückzukommen? Das zweite Mal ging er, glaube ich, blitzschnell. Ich hatte die Farbe Silber im Kopf. Ein Mann aus Coalton berichtete uns von dem Einsturz. Der Mann kam auf einem Pferd herausgeritten, einer braunen Stute, und er galoppierte direkt über die Felder zur Veranda, anstatt die Straße zu nehmen. Ich saß auf der Veranda und sah ihn von weitem kommen. Ich stand auf, während er näher kam. Ich wußte, daß die Nachricht Warwick betraf und daß vorbei war, was auch immer geschehen war. Ich hatte keine Worte im Kopf, nur die Farbe Silber, überall. Die Felder sahen in dem Augenblick auch silbern aus, so wie die Sonne auf sie fiel. Das Gras stand hoch, und die Stute bewegte sich bis zur Brust hindurch, wie ein kräftiger Schwimmer. Ich rief niemanden, bis der Mann eintraf und mir atemlos berichtete, daß Warwick und zwei andere eingeschlossen waren, wahrscheinlich erstickt, als tot aufgegeben. Der Mann, ein Mr. Forbes, war überrascht über meine Fassung. Ich nickte einfach; die Nachricht erreichte mich wie ein Echo. Seit Jahren hatte ich an den Augenblick – den Augenblick, in dem Warwicks Fieber sank und ich ihn sprechen hörte – nicht mehr gedacht, aber er kehrte sofort zurück. Nachdem ich dieses Verschwinden einmal erfahren hatte, selbst wenn es vor langer Zeit war, war ich vorbereitet. Die Erinnerung hält sich nicht an die Zeit. Ich war zwölf Jahre alt, aufnahmefähig, empfänglich für neue Eindrücke, so verliebt in Warwick, wie ein Bruder und eine Schwester verliebt sein können. Ich liebte ihn damals, wie man seinen Zwilling lieben kann, ohne darüber nachzudenken. Nach jenem Sommer begriff ich zuviel. Ich meine nicht, daß ich mich schämte; das tat ich nicht. Aber keine Liebe ist unschuldig, wenn sie einmal ihr eigenes Vorhandensein erkannt hat.

Mit achtzehn ging ich auf ein Mädchenpensionat in Lynchburg. In dem Sommer, in dem ich dummerweise zurückkam, bin ich in den Westen abgehauen. Zum Teil brannte ich durch, weil Warwick an jedem, der mir den Hof machte, etwas auszusetzen fand und Gründe gegen ihn bei Mam vortrug. Der Name des Mannes, mit dem ich fortging, ist unwichtig. Ich erinnere mich nicht wirklich an sein Gesicht. Er war blond, aber sonst glich er Warwick – in der Art, wie er sich bewegte, ging, sprach. Alles in allem war ich acht Wochen mit ihm zusammen. Wir reisten, wohnten in Hotels. Er hatte mir erzählt, er sei in der Textilbranche, aber mir schien, in Wirklichkeit spielte er Karten und Roulette. Er hatte eine Schwäche für das Glücksrad, und andere Schwächen. Ich konnte es nicht ertragen, neben ihm in den Spielsalons zu stehen; ich haßte den Lärm und den Rauch, die Parfüms, die sich vermischten, das Klacken der Räder wie beschleunigte Uhren und die Augen der Leute, die den Zahlen folgten. Oft saß ich in einem Hotelzimmer, durch dessen Boden undeutliche Geräusche drangen, und stellte mir die riesige Scheune um mich herum vor: dunkle Luft, die ein goldenes Oval füllt, die hohen Balken, die Vogelschreie, gespenstisch, wie Echos. Das Heu, zottige Haufen, die büschelweise über den Heuboden quollen und auseinanderfielen.
Der Mann, der kurz mein Ehemann war, verließ mich in St. Louis. Warwick kam mich holen; er unternahm eine lange Reise, um mich nach Hause zu bringen. Im

folgenden September wurde ein Junge geboren. Es wurde beschlossen, mein Davonlaufen und die Scheidung und auch die Schwangerschaft geheimzuhalten. Unser Arzt, ein Mann vom Land und Freund der Familie, half uns, eine Geburtsurkunde zu fälschen, die bestätigte, daß Warwick der Vater des Kindes war. Wir erfanden einen Namen für seine Mutter, einen Namen, der in jener Gegend unbekannt war, und erzählten, daß sie uns das Kind überlassen habe. Die Leute lebten so weit voneinander entfernt, so abgeschieden, daß solch eine Täuschung möglich war. Mein Junge wuchs in dem Glauben auf, ich sei seine Tante und Warwick der Vater, aber Warwick konnte ihn nicht ertragen. Für ihn war das Kind eine lebendige Erinnerung an meine Demütigung, meinen Verrat, je die Farm verlassen zu haben.

In der letzten Zeit habe ich oft einen Traum. Wie in Wirklichkeit bin ich die letzte, die noch lebt. Der Hof ist verlassen, steht aber noch; ich gehe von ihm weg. Vom Bach kommen Nebel und der feuchte Duft von Taglilien, von pelzigem Unkraut, gebrochen vom schwarzen Efeu. Dicke Polster der dunkel geäderten Blätter sind im Unterholz ein unentwirrbares Knäuel. Dort in dem Dickicht, in dem ich mit Warwick kämpfte, finde ich das gelbe Seil, hell wie Regen gebleicht, in den Blättern. Die ausgefransten Fasern sind ein weißer Flaum auf der Erde. Ich knie mich nieder, um die Blätter zu berühren, und der Erdboden darunter ist kühl wie Kellerluft, nachgiebig wie Sand. Ich grabe ein Loch, als sei hier ein Grab, ein Grab, das ich entdecken werde. Karten finde ich und ein Messer.

Und die feuchte Stimme eines Predigers, wie ein erloschenes Feuer. *Einen Mann unter Tausenden fand ich, doch eine Frau unter all diesen fand ich nicht.*

Die Totenfeier wurde zuhause abgehalten. Männer vom Bergwerk sorgten dafür, daß Warwick in Coalton aufgebahrt wurde, dann brachten sie den Sarg auf einem Holzlaster zur Farm. Der Deckel blieb geschlossen. Das war damals so üblich; wenn ein Mann im Berg umkam, wurde sein Sarg für den Gottesdienst geschlossen, zugenagelt, selbst wenn der Mann unversehrt war.

Am Tag nach Warwicks Beerdigung fuhren alle Familienmitglieder auf ihre Höfe zurück, nachdem sie einander bei einem wirren Picknick aus Essen und Gespräch und Trauer getroffen hatten. Die Hälfte der Trauer galt dem lebendigen Warwick und die andere Hälfte dem toten Warwick. Sein Tod bedeutete das Ende der Farm. Ich würde nun nach Bellington ziehen, wo ich innerhalb eines Jahres einen anderen Mann kennenlernen sollte. Mam und Pa würden bei Claude und seiner Frau wohnen. Aber was alle verstörte und betrübte, war mehr als nur der Verlust der Farm; niemand wußte, wer Warwick wirklich war. Sie sagten, es sei schwer zu glauben, daß er in dem Sarg war, mit dem festgenagelten Deckel. Berührt die Kiste, egal wo, mit der flachen Hand, sagte ich zu ihnen. Das taten sie und hörten mit dem Gerede auf.

Der Sarg war aus dicken Kiefernplanken, bleichem weißen Holz; und ich hatte das Gefühl, ich könnte deutlich wie durch Wasser in sein Gesicht sehen, als läge er in einer Wasserpfütze auf dem Wohnzimmer-

tisch. Wenn man den festgenagelten Deckel b
fühlte man zuerst die kühle glatte Oberfläche
neuem Holz unter der Hand und eine Sekunde spät
die Tiefe – eine Schwere, die Kiste war so tief, daß sie glatt bis zur Mitte der Erde reichte, und sein Körper darin wie ein großer eingesperrter Wind. Etwas war drinnen, spürbar wie die veränderte Luft vor Wolkenbrüchen, mit getriebenen Wolken und knisternder Luft im Augenblick vor dem Regenguß.

Ich behandelte die Kiste, als sei sie etwas Lebendiges; sie mußte sich an die merkwürdige Luft des Hauses, des Wohnzimmers, eines Hochzeiten und Todesfällen vorbehaltenen Raumes gewöhnen. Die Kiste stand einfach da auf dem Tisch, lang und rein wie ein gefährliches Tier, das tief schlief. Die steife Damastdekoration an den Fenstern des Salons sah aus, als würde sie sich gleich bewegen, die Goldquasten an den Säumen hingen reglos herab.

Am Morgen vor dem Gottesdienst war der größte Teil der Familie in Coalton gewesen, um sich um das zu kümmern, was bei einem Todesfall getan werden muß. Ich war allein im Haus geblieben mit dem Sarg, der, was an Luft zum Atmen da war, aufwühlte. Wie für einen ernsthaften, freudlosen Freier hatte ich meine besten Kleider angezogen. Das Zimmer war vom Sonnenaufgang gerade erleuchtet, die Jalousien an den Fenstern halb hochgezogen, ihr rissiges Sepiabraun von hinten angestrahlt. Eine Heuschrecke begann zu sirren, als ich einen ersten Schritt über den Boden machte; irgendwie war eine ins Zimmer gelangt. Die durchdringende schnelle Schwingung war sehr laut in dem stillen Morgen: Plötzlich fühlte ich mich kleiner, beengt wie da-

…ch über Warwick in seinem weißen
… Sein ganzer Körper schwebte unter
…nalen Bett, seine weiße Gestalt in den
…n schien im Dämmerlicht zu schim-
…unter der Reihe offener Fenster Hun-
de… …chrecken eine grausame Leier anstimm-
ten. Ich konnte das Zimmer kaum noch sehen. Mir wurde es einen Augenblick lang schwarz vor Augen, nicht schwarz, sondern dunkelgrün, wie die Farbe der Abenddämmerung in den Juliwochen Jahre zuvor.